Janosch

Schäbels Frau

JANOSCH

Schäbels Frau

Roman

Goldmann Verlag

Umwelthinweis:
Dieses Buch und der Schutzumschlag
wurden auf chlorfrei gebleichtem Papier gedruckt.
Die Einschrumpffolie (zum Schutz vor Verschmutzung)
ist aus umweltschonender und recyclingfähiger PE-Folie.

Der Goldmann Verlag
ist ein Unternehmen der Verlagsgruppe Bertelsmann

4. Auflage

Satz: IBV Satz- und Datentechnik GmbH, Berlin
Printed in Germany · Presse-Druck Augsburg
ISBN 3-442-30442-3

Was heutzutage kaum noch passiert: daß jemand die Notbremse zieht. Man weiß kaum noch, wo sie sich befindet; die Eisenbahnwagen haben sich so verändert, daß sich niemand mehr die Mühe machen würde, sie zu suchen.

Auch die Angewohnheiten sind anders geworden. Man macht heutzutage ganz anderen Unfug. Was früher Fahrschüler zwischen dreizehn und siebzehn begeisterte, dauernd auf der Suche nach den Grenzen des Machbaren oder der Existenz – was auch immer sie darunter verstanden haben mögen –, ist heut' ein alter Hut.

Meist passierte so ein grober Unfug stets auf der gleichen Strecke, denn es war jedesmal der gleiche Täter. Der sie zog, wenn niemand im Abteil war, ausgenommen vielleicht die Kameraden, vor denen er sich aufspielen wollte. Oder es war eine ganze Bande. Kamen aus der Schule, fuhren von einem Bahnhof zum anderen, einer mußte unterwegs aussteigen, wollte sich den Weg abkürzen – Notbremse. Wobei dann darauf zu achten war, auf welcher Seite der Schaffner aus dem Zug sprang. Und dann mußt du auf der anderen Seite raus und ab über die Felder.

Macht heute wie gesagt kaum noch einer.

Die es damals machten, kommen heut' vielleicht bei einem Klassentreffen zusammen und schwärmen: »Mann, was waren wir bloß für Gurken.«

Oder sie sagen: »Arschlöcher. Ganz schöne Arschlöcher waren wir doch, oder nicht?«

Heute dagegen weiß kaum einer mehr, wo die Notbremse ist, und erst recht keiner zieht sie noch.

Und dann plötzlich... geschah es doch!!

Und zwar im Zug von Salzburg nach Amsterdam, Abfahrt in Salzburg neun Uhr zweiunddreißig, Ankunft Amsterdam sechs Uhr neun, am nächsten Tag also. Draußen regnete es, daß ein Fisch ersaufen konnte, denn es regnete seit Wochen. Selbst das Geräusch der Eisenbahnschwellen, sonst regelmäßig so penetrant, daß es den Fahrgast die ganze Nacht im Schlaf verfolgt mit seinem *takata takata takata*, selbst dieses Geräusch war heute weicher. Eher ziehend, man meinte das Rauschen der Räder durch das Wasser zu hören.

Da kreischten die Räder des Zuges – dann pfiffen sie, und dann stand der Zug.

Keiner hätte das Geräusch beschreiben können, denn wer nicht schlief, grummelte vor sich hin, sechs Wochen Regen machen einen weder wach noch lustig.

Die meisten erkannten den gewaltsamen Aufenthalt ohnehin nicht als ein unvorhergesehenes Ereignis oder verbotswidrige Unterbrechung.

Krrrrrüürschhh... – was heißt das schon!

In der Gegend um Ulm, weiß nicht wo, keiner hätte genau sagen können, wo genau er hielt. Nicht einmal der Zugbegleitschaffner.

Abfahren, ankommen, mehr ist bei so einem verfluchten Hundewetter nicht von Bedeutung. Fahren und nichts wahrnehmen.

Der Zug stand also.

Der Schaffner mag im ersten Moment in seinem Kopf nach möglichen Gründen für die plötzliche Bremsung gesucht haben, aber er fand nichts. Ein Signal auf diesem Fahrtabschnitt war ihm nicht bekannt, dabei fuhr er die Strecke dreimal in der Woche.

Dann schreckte er auf: »Die Notbremse!!«

DIE NOTBREMSE?

Er sprang aus dem Waggon; er befand sich vorn im Zug. Erst nur unwillig, doch dann voller Wut, denn er war sofort durchnäßt wie ein Hund in der Traufe. Hatte seine Fahrscheinmappe aus Gewohnheit unter dem Arm, sprang zurück zur Tür, warf sie in den Wagen.

Der Schaffner war verstört. So lange er im Dienst der Eisenbahn war, hatte noch nie jemand die Notbremse gezogen.

Er mußte den Grund suchen, sagte die Dienstvorschrift. Natürlich. Klar.

Es konnte sich um einen Notfall handeln. Oder um ein Verbrechen – davor graute es ihn, wenn er nur daran dachte; am Ende mußte er einen Bewaffneten stellen, ihn gar festnehmen...

Das alles schoß ihm durch den Kopf; auch ihn hatte das Regenwetter der letzten sechs Wochen nicht gerade zum fröhlichen Schnelldenker gemacht.

Da sprang im letzten Wagen einer aus der Tür und entfernte sich. Nicht besonders schnell, eher gelassen, schaute sich nicht einmal um, so wie einer an einer Station, wo er immer aussteigt. Der Schaffner meinte, ihn hüpfen zu sehen, wie einen Hasen etwa, und er war bekleidet mit einem Parka, den er oben mit einer Hand zusammenhielt. Die andere hatte er tief in der Tasche vergraben, als müsse er sie vor Regen schützen.

Gepäck hatte er keines. Nicht einmal eine Tasche.

»Gammler verfluchter! Solche wie dich sollte man in ein Lager stecken und…«

Der Zugbegleitschaffner hatte schnell kapiert, daß hier nur einer unterwegs aussteigen wollte, weil es ihm gerade so paßte, und er kletterte zurück in den Waggon. Fluchte dort weiter. Seine Uniform war durch und durch naß bis auf das Futter, und er ging in sein Dienstabteil zurück und zog eine andere Jacke an. Die Hose war nicht ganz so naß, das ging noch, und er hätte sowieso keine Ersatzhose dabeigehabt.

Sie waren zu zweit. Zwei Zugbegleitschaffner.

Heinz Madloch, Jahrgang vierzig, und sein jüngerer Kollege für die andere Hälfte des Zuges.

Der jüngere war besonnener, was er leicht sein konnte, denn er war ja nicht naß. Er war es, der dem Zugführer das Zeichen zum Weiterfahren gab.

Eigentlich wären sie nach den Vorschriften verpflichtet gewesen, den Täter zu stellen.

Aber was sollten sie machen, wenn der Kerl bei diesem Sauwetter über die Felder hüpfte wie ein Hase?

Hinterherhüpfen und den Zug warten lassen, im Morast steckenbleiben und dann dreckig zurückkommen wie ein Wildschwein, ohne ihn geschnappt zu haben? Und selbst wenn sie ihn geschnappt hätten, dann hätten sie bei der Polizei lange Formulare ausfüllen müssen, und der Polizist würde mit einem Finger tippen und das alles vielleicht außerhalb der Dienstzeit, also in der Freizeit der Schaffner. Oder der Lümmel setzte sich zur Wehr und haute einem eins in die Fresse und spränge dann weiter, und selbst wenn man das alles auf sich nähme und es dann hinter sich hätte, was geschähe mit dem Lümmel? Er würde freigelassen werden, weil er einen festen Wohnsitz hat, und seelenruhig auf sein Verfahren warten. Und würde dann, wenn es überhaupt zu so einem ›Verfahren‹ käme, bloß eine kleine Verwarnung erhalten.

»Geh mir doch weg.«

Das sagte sich Madloch. Als Dienstälterer hatte er die Verantwortung für den Zug.

»Gammler«, hatte er gesagt, denn Langhaarige wie der Kerl, der da über die Felder davongehopst war, waren ihm seit jeher ein Dorn im Auge. Er hätte nicht sagen können, warum. War es der Marsch in die Freiheit, den jene »Gammler« angetreten hatten und den er sich nie würde leisten können – oder: sich zu leisten trauen würde –, und den er deswegen so haßte?

Wie auch immer, sie waren ihm ein Ärgernis: die, die nicht arbeiteten, und sich die Haare nicht schnitten und dabei auch noch sangen. »So ist das.«

Gammler, Langhaarige, in Lager stecken. Das war es für Madloch. »Früher gab es das nicht.«

Auch das sagte Madloch. Ein Satz, über den er nie nachgedacht hatte, den er einmal aufgeschnappt hatte, möglicherweise von seinem Vater, wenn der von der Hitlerzeit sprach, er war Parteigenosse gewesen. Schlesien, Krieg, dann Flucht nach Dortmund, Heinz Madloch war dort in die Schule gegangen. Jetzt wohnte er in einem Dorf: Hagen. Manchmal ging er zum Kegeln, aber nicht regelmäßig – und da war er nun, und der Zug fuhr weiter nach Amsterdam. Wenn auch die Hose getrocknet sein wird, wird er an den Vorfall nicht mehr denken.

Der da über die Felder sprang wie ein Hase, hieß Schäbel. Bernhard Schäbel, Jahrgang einundfünfzig, verheiratet, abgebrochenes – nein! *unter*brochenes Studium der Soziologie, zuvor ein Semester Politologie –, verheiratet. Mit Gesine, geborene Kneiff. Kneiff-Öfen, ein Begriff.

Verheiratet! Zumindest gewesen, oder vielleicht auch immer noch, er wußte es nicht zu sagen.

In seinem Kopf war so eine verfluchte, ganz große Leere, dazu kam der Regen seit sechs Wochen, seine Schuhe waren nach den ersten Sprüngen patschnaß und wie Schwämme vollgesogen. Denn das Feld, das sich da vor ihm ausbreitete, war purer Morast, da gab es kein Ausweichen, und auch am Bahndamm entlangzulaufen hätte nichts gebracht. Außerdem war es ihm scheißegal. Das war es, was man in diesem Moment über ihn sagen konnte: »Ihm – war – alles – scheißegal.«

Wie in einem Wahn und ohne zu wissen, was er da tat, war Schäbel um acht Uhr aus dem Haus getaumelt, nichts bei sich. Geld ja. Hatte er den Hausschlüssel eingesteckt? Er suchte in nur einer Jackentasche, gab es dann aber auf, wozu auch. »Was für ein verdammter – verfluchter – Dreck!!«

Und war dann zum Bahnhof gegangen, oder war er gefahren?

Hatte er etwas gegessen? Er war irgendwie unheimlich ausgehungert, wie ein Proletarier.

Er verwendete manchmal diese Sprache, sie gefiel ihm: »Irgendwie«, »unheimlich«, »Proletarier«.

Jemand hatte mal gesagt, er könne dieses Dummdeutsch nicht mehr hören. Totale Affenscheiße. Irgendwo. Wer war das noch? Gesine? Er wußte es nicht mehr, und schon gar nicht jetzt. Er versuchte, so über den Acker zu springen, daß er nicht zu tief einsackte.

Er war also in den nächsten Zug eingestiegen, ohne Fahrschein, egal, was passieren würde, was sollte schon noch mehr passieren, als schon geschehen war? Totale Leere im Kopf.

Er trug eine Brille.

Oben abgeflacht mit einem dünnen Rahmen. Dabei hätte er sie gar nicht gebraucht – 0,1 links, rechts 0,2, nicht der Rede wert –, aber mit Brille machte man mehr her. Jedenfalls hatte er das damals wohl irgendwie im Hinterkopf gedacht.

Und bezahlt hatte sie sowieso die Kasse, also: »Was soll's!«

»Was soll's«, das dachte er gern, das sagte er auch von allem, was er so sagte, am meisten im Laufe eines Tages. Und dachte es noch viermal mehr, wenn er Probleme in seinem Kopf zu lösen hatte.

»Koch ich mir etwas? Ach, was soll's.«

Dann ging er essen, französisch am liebsten, und nicht unter hundert Mark.

Der Tag bestand ohnehin für den Menschen nur aus Problemen. Und »was soll's« – das paßte zu allen Problemen. Am besten zu den ausweglosen. Denn die waren ja nur scheinbar ausweglos.

Überhaupt: der Mensch!

Eigentlich war Bernhard nicht direkt ein Mensch, wenn man das einmal so sagen will, denn er war ein Hase.

Es klingt merkwürdig und ist nicht leicht zu glauben, nicht wahr? Zumal Schäbel selbst sich nicht als solchen sah.

ER SAH SICH NICHT ALS HASEN.

Niemals in seinem Leben, er wußte es nicht einmal, denn wer weiß schon, wer er ist?

Wer hat sich denn schon selbst gefunden und kann das von sich mit SICHERHEIT behaupten?

Aber was soll's.

Auch seine Umgebung sah ihn nicht als Hasen, nicht einmal Gesine, welche wohl – man kann darüber streiten – *seine* Frau war, denn sie hatten vor drei Jahren geheiratet. Und welche wohl auch die Ursache war, weshalb er hier durch den Regen sprang. Ohne zu wissen, wer er war.

Niemand sah in ihm einen Hasen.

Selbst seine Mutter nicht, und schon gar nicht sein Vater.

Sein *vermeintlicher* Vater. Georg Schäbel, Bauunternehmer in Markelsheim, einem Ort, den kein Hund kennt, kam nie auf die Idee, *nicht* Bernhards Vater zu sein, denn seine Frau Irma wäre nie in der Rolle der Untreuen denkbar gewesen. Und in diesem Punkt täuschte sich Georg Schäbel keineswegs. Auch für sie, Irma Schäbel, wäre so etwas stets undenkbar gewesen.

Und in gewisser Weise war sie ihm ja immer treu geblieben.

Und doch war Bernhard Schäbel nicht seines Vaters Sohn.

Es war an einem Sonntagnachmittag im Jahre fünfzig. Georg Schäbel war mit seiner Frau unterwegs ins Nachbardorf, da war ein Stück Land zu verkaufen.

Kein Bauland. *Noch* kein Bauland, doch Georg Schäbel war nicht eng, aber doch wieder eng genug mit dem Kreisbaumeister Fuchs befreundet – na ja, man braucht da nicht ausführlicher zu werden, eine Hand hat schon immer die andere gewaschen.

Die Schäbels also fuhren in ihrem kleinen Lieferwagen ins Nachbardorf, und Georg Schäbel ging zu jenem Bauern, um ihm ein Angebot zu machen. Etwa die Hälfte von dem, was der Tölpel sich vorstellte. Denn Schäbel wußte, daß der andere verkaufen *mußte.* Seine Frau war fast erblindet, und sie brauchten das Geld, damit sie sich operieren lassen konnte.

In den folgenden Jahren brachte es Georg Schäbel auf diese Weise zu einem beträchtlichen Vermögen.

»Er ist ja auch fleißig«, sagten die Leute, als sein Lagerplatz immer größer wurde. Und das Haus wurde angebaut. Später der ältere Teil ganz abgerissen und von Grund auf neu errichtet. Überall Klinker.

Georg Schäbel war also bei jenem Bauern, der das

Land verkaufte. Irmi – so rief man seine Frau – lag unterdessen im Schatten nahe einem kleinen Wäldchen. Sie wollte nicht einschlafen. Im Gegenteil, sie versuchte mühsam, *nicht* einzuschlafen, denn sie war nie ganz ohne Furcht, auch wenn sie nicht wußte, wovor sie sich eigentlich fürchtete. Aber irgendwie war ihr gerade wieder der Satz eingefallen: »Wer schläft, den frißt der Wolf.« Und so wollte sie lieber wach bleiben.

Und in der Tat, es geschah etwas.

Ein Hase hatte sich – man kann nicht sagen: angeschlichen – genähert. Das paßt eher. Also genähert. War ein wenig gehoppelt, hatte sie vielleicht beschnuppert. Das dünne Sommerkleidchen war nur wenig hochgerutscht – ja, doch schon soweit, daß man ihre Bemberg-seidenhöschen leicht sehen konnte. Sie lag auf der Seite, mehr auf dem Bauch.

Die Bembergseidenhöschen hatte ihr Vater einst im Krieg ihrer Mutter aus Paris mitgebracht. Dunkelblau mit hellen Spitzen, fünf Stück, alle gleich, doch Mutter hatte sie nie gemocht. Obendrein waren sie im Schritt leicht perforiert, was ihnen ein – pardon – perverses Aussehen verlieh.

»Schweinskram«, hatte Mutter damals wohl gesagt, Irmi war noch nicht geboren. Sie hatten dann da im Vertiko gelegen, und als Irmi heiratete, hatte sie sie heimlich mitgenommen. Mutter hat nie nach ihnen gesucht. Hätte sie's gewußt, hätte sie Irmi gescholten.

Nicht, um Georg damit zu gefallen, nahm sie sie mit; sie hätte nicht einmal sagen können, was sie zu diesem Frevel bewog. Sie handelte wie in Trance.

Der Hase jedenfalls schob – er mag vorher ein wenig geschnüffelt haben – wohl mit dem Vorderlauf das weite Hosenbein zur Seite und befruchtete – sicher nach Art der Hasen, also ganz kurz und heftig – Irma Schäbel, ohne daß sie direkt merkte, was ihr geschah.

Sie wachte bloß davon auf.

Sie mag auch ein leichtes Stechen oder eine Art Kitzel im Schritt verspürt haben, hielt dies wohl für einen harten Grashalm, rieb sich da ein wenig, fühlte auch einen Hauch Feuchtigkeit – vielleicht, dachte sie, ist es der Morgentau, denn im Schatten hält Tau sich bekanntlich länger – und schob beide Kleidungsstücke, also den Schlüpfer und das leichte Sommerkleid, wieder zurecht.

Und dachte nicht weiter darüber nach.

Was den »Verkehr« angeht, war es so gewesen, daß sie bis zu ihrer Hochzeit mit Georg nichts darüber gewußt hatte. Bei der Hochzeit trug sie leichte Baumwollunterhosen, und in der Hochzeitsnacht hatte Georg wohl ein wenig zuviel getrunken, war dann etwas zu unvorsichtig vorgegangen und zerriß diese, was sie später dazu veranlaßte, eine festere Qualität zu kaufen.

Diese hier, also die Bembergkunstseidenen, kannte er gar nicht. Irmi hätte auch nicht sagen können, was er dazu gemeint hätte. Danach gefragt, wie sie das nennen würde, was sie in der Hochzeitsnacht und später mit Georg erlebt hatte, hätte sie keine Antwort gewußt. Zwar kannte sie ein paar Wörter, doch schienen sie nicht auf ihre Situation zu passen.

›Lieben‹, das hatte sie wohl gehört, doch traf es nicht zu. ›Schlafen‹ – das auch nicht, denn Georg schlief erst *danach*. Und sie selbst schlief danach erst einmal *nicht*. Sie mußte sich ja reinigen. Zuerst hatten sie nur kaltes Wasser, das machte hellwach. Später badete sie oft eine halbe Stunde in heißem Wasser, danach konnte sie auch nicht mehr gut schlafen.

Sie hatte sich zuvor nie genaue Vorstellungen gemacht, Georg war ihr erster und einziger Mann gewesen und geblieben bis heute.

Doch manchmal war es ihr, als müßte da noch etwas sein, und so zog sie also immer sonntags die Bemberg-seidenhöschen an. Eine kleine Freude für sich selbst sozusagen, so wie ein Kind sich in Märchen flüchtet, wenn das Leben gar voller Not ist. Georg trank zum Essen gern Bier, nach dem Essen legte er sich auf sie, sofern er nicht zu müde war, und dann war der ganze Spuk auch schon gleich wieder vorbei, und er schlief neben ihr ein. Legte wenigstens, und sie vermutete, daß er es anstandshalber tat, um sie nicht zu kränken, noch eine Pranke über sie. Er hatte Maurer gelernt, was ein Zugeständnis an seinen Vater war, und aus seiner Zeit als Maurer hatte er noch diese Pranken.

Sie liebte Yves Montand.

Platonisch natürlich, also von der Ferne, vom Kino her. Näher kannte sie ihn nicht, wie denn auch? Freilich hatte sie ein Bild von ihm ausgeschnitten und eingerahmt, aber mehr war da nicht. In der Realität.

Georg wußte nichts von Yves. Sie war zum Glück nie dumm genug gewesen, ihm davon zu erzählen.

Wenn Georg seine Pranke über sie legte, zog er sie bald wieder zurück und drehte ihr den Rücken zu, wobei er den Eindruck zu erwecken versuchte, daß es im Schlaf, also nicht absichtlich geschah. Irmi aber hatte ihn in Verdacht, daß er sich nur schlafend *stellte,* um nicht rücksichtslos zu wirken, wenn er sich so kurz nach der ehelichen Pflichterfüllung von ihr abwandte. Kurzum, schön war's nicht.

Und so zog sie dann an Sonntagen die bembergseidenen Höschen an und ließ sie weich um ihre Haut herumhängen – Bembergseide hängt. Sie ist schwerer als echte Seide und hängt deswegen. Wenn sie alt sind, leiern diese Schlüpfer, doch dazu kam es nicht, dafür trug sie sie zu selten und wechselte unter den fünf Paar natürlich. Schon um sie zu schonen.

Wenn sie sie trug, hatte sie einen anderen Gang. Weil sie bei jedem Schritt versuchte, die Weichheit zu spüren. Und irgendwie fühlte sie sich dann stets ihm – Yves Montand – näher, denn sie wußte natürlich, daß ihr Vater die Höschen aus Paris mitgebracht hatte. Und Yves war Franzose. Sie liebte alles, was französisch war. Sie wußte nicht, ob ihr Vater sich nach etwas Verworfenheit gesehnt hatte oder diese gar kannte; sie hatte auch noch nie einen Gedanken darangehängt, Verworfenheit kannte sie nur als Wort. Sie hätte sonst wohl überlegt, *warum* diese breiten Schlüpfer in jenen Jahren in Paris *die Mode* gewesen waren. Und wäre darauf gekommen, daß sie manches erleichtern.

Hätte Irmi an jenem Tag also nicht gerade jene perforierten Schlüpfer getragen, hätte der Hase unverrichteter Dinge wieder abziehen müssen, und Bernhard Schäbel wäre kein Hase geworden.

An solchen Kleinigkeiten entscheidet sich das Schicksal. Wahnsinn, oder nicht?

Als Irmi Schäbel die Kleider geordnet hatte, träumte sie noch eine Weile von Yves Montand. Dann kam Georg Schäbel zurück und sagte: »Haut hin.«

Was wohl bedeutete: der Bauer hatte angebissen.

Neun Monate später wurde Schäbel Junior geboren. Der Vater war nicht unfroh, freute sich sogar sehr, denn sein Unternehmen fing längst an, so zu wachsen, daß er an einen Erben denken mußte.

Sie nannten ihn Bernhard.

»Yves, oder was hältst du von Yves, Georg?«

»Ach, pah! Ihf. Was soll das? Im Dorf werden sie ihn auslachen und Ihf Schäbel, pff! Wie sieht das aus, wenn es über dem Lagerplatz steht?«

»Dann Bernhard.«

Bernhard hatte Irmis erste Liebe geheißen, was weder Georg wußte, noch redete sie mit Bernhard später darüber. Eigentlich hatte sie noch nie mit jemandem darüber gesprochen. Bernhard hatte der Junge in der Nachbarklasse geheißen. Ein Dichter und Denker. Es war nie auch nur zu einem Gespräch zwischen Irma und Bernhard gekommen, sie hatte ihn nur aus der Ferne angehimmelt und nachts von ihm geträumt. Dann war sie jedesmal total verschwitzt aufgewacht, aber *was* sie damals geträumt hatte, hätte sie jetzt nicht mehr sagen können. Nach der Schulzeit hörte sie nicht mehr viel von ihm, nur daß er studierte.

Studieren sollte ihr Bernhard auch.

»Nicht wahr, Georg, er *muß* studieren?«

»Für was?« hatte Georg gefragt. Bildung braucht der Mensch nicht.

Gegen den Namen hatte keiner was einzuwenden, und so blieb es dabei.

Bernhard Schäbel.

Schon als er geboren wurde, sah das Kind ein wenig merkwürdig aus, natürlich. Wie ein Hase, irgendwie. Doch Kinder sind bei der Geburt selten schön, sie sehen aus wie verhutzelte Birnen, die man ins Wasser gelegt hat. Die Mutterliebe sieht das mit anderen Augen.

Also wunderte sich keiner, und als sich das merkwürdige Aussehen nicht änderte, hatten sich alle daran gewöhnt.

»Er wird etwas Besonderes, das kann man schon sehen«, hatte Irma damals gesagt, und sie meinte damit ein Schauspieler wie Yves Montand oder ein Dichter und Denker wie Bernhard. Magie des Namens. Politologe, Soziologe – die Wörter hätte sie da noch nicht gekannt.

Der Junge hieß also nun Bernhard.

Wegen seines Aussehens hatte er eigentlich zeitlebens keinerlei Schwierigkeiten. Georg glaubte sogar, das Kind sähe ihm ›besonders ähnlich‹. Die Verwandten von seiner Seite bestärkten ihn darin: »Ganz der Vater. Natürlich ganz der Vater.«

Die Verwandten von Irmis Seite sagten: »Ganz der Opa«, und meinten damit Irmas Vater. Der freilich längst nicht mehr lebte. Eine Grippe hatte ihn nach der Gefangenschaft dahingerafft. So geht das: Du überlebst

Schlachten in den Kriegen, Hungersnöte und Gefangenschaft, und ein Bazillus, nicht der Rede wert, löscht dich aus.

»Die Kinder gehen fast immer nach den Großeltern.«

Man hatte ihn sogar ganz gern. Er war weich, ein wenig hoppelig und sanft wie ein Hase. Das reinste Kuscheltier.

»Wie er sich anfühlt!«

Jeder wollte ihn streicheln. Was Bernhard nur gefiel.

Nun muß man aber auch sagen – auch wenn es eigentlich jeder weiß: Der Mensch läuft durch die Welt, als wäre er blind, taub und dumm. Sieht nichts, hört nichts und begreift nichts.

Also erkennt er auch nicht, wer unter uns ein Hase ist. Bernhard konnte, wenn er mit anderen Kindern spielte, immer besonders schnell laufen. Womit er sich nicht gerade beliebt machte, denn jeder möchte gern selbst der Schnellste sein. Oder der Stärkste oder der Größte oder was auch immer. So war Bernie einerseits beliebt wegen seiner Weichheit und andererseits unbeliebt wegen seiner Schnelligkeit in den Beinen. Ansonsten war er eher langsam. Wie ein Hase eben. Konnte stundenlang herumsitzen und mümmeln.

Nur wenn sie Fangen spielten, kam Bewegung in ihn.

Zack! wie ein Hase war er weg.

Irmi Schäbel nannte Bernhard manchmal, wenn sie allein waren: »Ivchen.«

Was Bernhard nie verstand und auch überhörte. Und vielleicht merkte selbst Irmi nicht, was sie da eigentlich sagte.

Auch in der Schule hatte Bernhard keine Schwierigkeiten. Was sein Naturell betraf. Damals fing man auch auf dem Land an, sich gegen Andersartige toleranter zu verhalten. Die Kinder wurden belehrt, daß einer, auch wenn er anders aussah als alle anderen, doch ein vollwertiger Mensch war und in *keiner* Weise zurückgesetzt werden dürfte. Im Gegenteil, er hatte sogar ein paar Privilegien und wurde mit viel Nachsicht behandelt.

Damals tauchten außerdem die ersten Beatbands auf, mit Musikern, die unerhört fremd und eigenartig aussahen; Gruppen, die sich nach Tieren »The Beatles« oder »The Monkeys«nannten und eine tierisch heiße Musik spielten.

Und so akzeptierte man Bernhard so, wie er war.

Manche hielten ihn sogar für einen Begünstigten des Schicksals, der von Natur aus schon anders aussah, eine Art Individuum.

Geistig war Bernhard keine Leuchte.

»Unser Bernie ist kein Goethe oder Schiller. Muß er auch nicht. Er erbt ja den Laden, und vielleicht geht er ja auch in die Politik«, sagte Georg Schäbel prophetisch, was man ihm gar nicht so zugetraut hätte.

In den sechs Jahren bis zu Bernies Schulanfang hatte Georg Schäbel einiges an Gewicht zugelegt, hatte etliches Land aufgekauft, dann starb der Kreisbaumeister Fuchs, und es wurde schwieriger. Mit dem Neuen kam er nicht so zurecht. Was die Geschicklichkeit betraf, Bauland aufzukaufen, bevor es als solches ausgewiesen wurde. Der Neue hatte einen Vetter, dem er alles zuschob. Doch die Schäbels hatten ihr Schäfchen im trokkenen.

Georg hätte es gereicht, Bernhard auf die Mittelschule zu schicken. Er wäre dann eher aus der Schule gekommen und hätte Maurer werden können wie der Vater, nur als kleine Sicherheit in der Hinterhand und um die Branche kennenzulernen.

Doch da blieb die Mutter hart. Bernhard war für ihr Gefühl zu feingliedrig für einen Maurer. Manchmal meinte sie, er gleiche Yves Montand, als dieser noch jung gewesen sei.

Mütter sehen so vieles in ihren Kindern, besonders den Söhnen, so daß sie ihr Leben lang behaupten, an den Kindern bleibe ihnen nichts verborgen. Sie wissen nicht, daß Kinder Fremde sind.

Also keinesfalls die Mittelschule.

In manchen Dingen sind Frauen – Gott sei gelobt – dann doch hart wie Granit.

»Bernie wird studieren – und nichts anderes.«

Bernie war's egal. Er mußte aufs Gymnasium in die nahe Stadt, blieb nur einmal sitzen. Er war jetzt Fahrschüler, aber auch unterwegs in der Eisenbahn fiel niemandem auf, daß er ein Hase war.

Inzwischen versuchte jeder Jugendliche ohnehin so auszusehen wie sonst niemand. Daß sie in ihrer Individualistenkluft alle wieder uniformgleich erschienen, wollte keiner so recht wahrhaben.

Unverwechselbar sein, nur nicht so wie alle anderen, das war die Parole.

Da fiel Bernie nicht weiter auf. Er sah immer schon von Natur so aus, wie allein er aussehen konnte. Unter Hasen freilich hätte er seinesgleichen geglichen wie ein Japaner dem anderen.

Die Mädchen warfen ihm längst sogenannte Blicke zu, doch er seinerseits verspürte keinen Drang zum anderen Geschlecht, war er doch ein Hase, und die Gene zogen sich nicht an. Nur wenn der Zug durch die Felder fuhr, etwa zur Zeit des Vollmondes und gar wenn Frühling war, dann schaute Bernie gebannt und mit auffallend glasigen Augen auf die Schollen und rutschte nervös auf dem Sitz herum.

Wie ein Hase zur Brunftzeit.

Doch fiel das niemand weiter auf. Nicht einmal er merkte es.

Bernie machte sein Abitur so um die Note drei Komma zwei herum. Damals war das noch kein Beinbruch; damit konnte man studieren. Was, das war ihm egal und seiner Mutter letztlich auch.

Er fuhr in die nächste Universitätsstadt und landete mitten in der Revolution.

Eine Weile wohnte Schäbel unbeholfen in einer Pension; das hatte ihm jemand geraten. Die Mutter hatte ihm reichlich Geld zugesteckt und ihn todschick, wie sie meinte, eingekleidet: mit einem hellen karierten Hemd und einem Seidentuch um den Hals, das in den Hemdkragen gesteckt war. Alles andere eher dezent, aber von guter Qualität.

Yves Montand kleidete sich in dieser Art.

Die Schuhe erster Klasse. Lloyd. Damals schon Lloyd, und er hatte sie heute noch. Zu Hause natürlich. Daß er hier auf diesem Feld wieder Lloyds trug und diese voller Dreck im Schlamm steckten, war eher ein Zufall, denn zwischenzeitlich hatte er eine Phase, wo er nur Clarks trug. Dann wieder nur Italiener.

Schäbel streifte damals ratlos in der Gegend rund um die Uni herum, ging in die Cafés, wo sie alle saßen. Er wußte noch nicht, wo er sich einschreiben mußte – und wofür –, aber fand bald heraus, wie der Hase lief, und sagte nun lieber, sein Vater sei Maurer.

Nicht Unternehmer.

So schnell konnte er immerhin denken.

Der Arbeiter war das Idol der Studenten, der Kapitalismus der Erzfeind. Und der Kapitalismus begann schon bei dem, der nur einen einzigen Angestellten ausbeutete.

»Sag bloß nicht Unternehmer, Mann!«

Ein wohlwollender Eingeweihter, neu und wie er also noch zum Verrat an der Sache bereit, sagte das. Andere, die sich schon länger politisch engagierten, hätten ihn erst abgeklopft und dann auf seinen Platz verwiesen. Sohn eines Kapitalisten.

Zuletzt freilich hätte man auch ihn aufgenommen, sofern er seinem Vater abgeschworen hätte. Und das hätte Schäbel, ohne auch nur eine Sekunde zu überlegen, getan. Niemand war ihm so fremd wie sein Vater. Also sagte er: Maurer.

»Mensch, dann kriegste jede Menge Bafög.«

Noch war es nicht das, was ihn im Moment interessierte. Ein Jahr später wurde ihm das zum Hauptanliegen seines Studiums: herausfinden, an welchen Ecken der kapitalistische Staat angezapft werden, wie man ihn ausbluten konnte – das war ja auch im Sinne der Idee.

Ansonsten ging er in der Stadt flanieren, vertiefte sich in Schuhmarken. Das war vorerst nur so eine kleine lose Liebe, die er, ohne zu denken, von seiner Mutter übernommen hatte. »Die Schuhe müssen in Ordnung sein«, sagte sie immer. So wie bei Yves Montand. Dessen Schuhe hatten Stil.

Erst später sollte diese kleine Marotte bei Schäbel zur Leidenschaft werden. Man kann es verstehen, wenn man bedenkt, daß des Hasen Leben oft nur von seinen Läufen abhängt.

Suchte er Kontakt mit jemandem, war's nie leichter als zu dieser Zeit. »Kann ich mich dazusetzen?«

Und schon saß er.

»Wofür hast du dich eingeschrieben?«

»Weiß noch nicht.«

»Nimm Politologie, dann bist du bei uns. Das tut nicht weh, und dann siehst du weiter. Was soll's!«

Das hatte Gesine gesagt, doch heute wüßte er nicht mehr, daß er ihr gleich in den ersten Tagen begegnet war. Sie fielen sich gegenseitig nicht auf. Sie redeten miteinander, ohne sich wahrzunehmen.

Gesine reichte Schäbel einen Joint, der die Runde machte: »Zieh doch mal!«

Das brachte ihm aber nichts, und er ließ sich bald in Politologie einschreiben, fand dann auch eine Wohnung.

Direkt gegenüber der Uni, achthundert Mark.

»Schweineteuer«, sagte er, »aber was soll's.«

Mag sein, daß bereits da dieses ›Was soll's‹ ihm das Leben erleichterte.

Es war nicht einmal Gesine gewesen, die ihm geraten hatte, doch aus der Pension auszuziehen. Es war ein anderes Mädchen gewesen; er hätte nicht mehr sagen können, wie sie aussah. Sie hatte bald ohne Umschweife gefragt, ob sie vielleicht eine Weile bei ihm wohnen könne. Er hatte nicht einmal zugestimmt, sie hatte einfach gesagt, sie käme am Donnerstag gegen sieben. Dann war sie am verabredeten Tag doch nicht gekommen; sie war wie vom Erdboden verschluckt, wurde nie mehr gesehen. Das war damals so. Nichts stand fest.

Der Regen war so dicht, daß er nach etwa fünf Metern eine graue Nebelwand bildete. Nicht abzusehen, wo der aufgeweichte Acker ein Ende nahm. Schäbel versuchte die Richtung beizubehalten. Nur nicht im Kreis laufen. Das hatte er oft schon gehört und gelesen: In der Wüste läufst du, wenn du dich nicht an der Sonne orientierst, im Kreis. Und Sonne gab es hier nicht.

»Aber was soll's!« sagte er.

Käme er wieder zum Bahndamm, liefe er eben daran entlang. So unbesiedelt konnte die Gegend gar nicht sein, daß er nicht irgendwo ankommen würde.

Ankommen.

Das war es.

Ankommen.

Bei sich selbst.

»Finde dich erst mal selbst, Schäbel«, hatte Gesine ihm gesagt, das letzte Wort zwischen ihnen, eine Woche war das jetzt her, »dann reden wir weiter.«

Selbstfindung war angesagt. In den letzten Jahren waren sie alle auf Identitätssuche.

Schäbel nicht.

Schäbel hielt das für eine bloße Mode. Er war Schäbel, was wollte er mehr?

Der Lehm war längst schon in den Schuhen, und er fühlte nur eine kalte Masse bis zu den Waden. Bei jedem Schritt spürte er, wie sie aus den Schuhen schwappte, es ekelte ihn. An Springen war nicht mehr zu denken, und er zog mühsam bei jedem Schritt jeden Fuß einzeln aus dem Schlamm, versuchte, irgendwo eine helle Stelle in der Nebelmasse zu entdecken. Oder einen Strommast, eine Stromleitung, an der er entlanggehen konnte. Sie mußte ja zu einem Dorf führen.

Aber da war nichts.

Er zog den Parka zusammen, an den Schultern war er schon durchnäßt. Er besaß ihn seit seinem ersten Semester.

»Mit dieser Kluft kannst du dir den Arsch abwischen«, hatten sie ihm damals schnell klargemacht. Halstuch ins Hemd gesteckt und Hosen aus Gabardine – *iigitt.* Sie trugen in jenen Jahren alle Parkas. Und Jeans, oben und unten eng. Schäbel trug sie bald besonders eng. Wenn er zahlen wollte, zog er die Schultern hoch, um mit der Hand in die Taschen greifen zu können, da hatte er die

Scheine lose. Nicht achtlos verknüllt, sondern klein zusammengefaltet, damit sie nicht zuviel Platz wegnahmen.

Geld mußte man verachten, Geld war der Auswurf des Kapitalismus. Ausgepreßt und vollgesogen mit dem Schweiß der Arbeiter.

Eine Welt war zu schaffen, in der Geld nicht mehr nötig war. In der alles allen gehörte und jeder das hatte, was er brauchte, nicht mehr. *Keiner* sollte mehr haben, als er brauchte.

Schäbel hatte das nie *so* ernst genommen.

Schon im ersten Semester hatten sie ihm gesagt, wenn er in die Partei einträte, könne man mehr machen. Zwar im Moment noch nicht genug, aber von unten her, von der Basis her, müßten die Verhältnisse langsam verändert werden, wo nötig, auch schon mal mit sanfter Gewalt.

Schäbel war nie für Gewalt. Wenn die Jungs und häufig noch mehr die Mädels einen großen Auftritt planten, sagte er immer: »Macht lieber etwas langsamer.«

Sie fingen an, ihn ganz gern zu haben. Auch die Frauen, denn Männer alten Schlags hatten ausgedient. Die Herrschaft der Männer war genauso zu brechen wie die der Bourgeoisie. Und Schäbel war der *neue* Mann schlechthin.

In der politischen Arbeit mußten sie hart sein, die Männer, ja, aber vom Gefühl her weich und sensibel. Die Frauen hatten demgegenüber viel unbeugsamer zu sein, sie hatten viel in Ordnung zu bringen. Zweitausend Jahre Unterdrückung und Sklaverei.

Gesine sagte, ihr Vater sei Kapitalist *und* Patriarch, und sie hasse ihn. Sein Geld nahm sie nur, um ihn zu vernichten, und sie warf es mit vollen Händen hinaus. Sie erhielt jedes Jahr eine Ausschüttung aus der Ofenfabrik. So um die sechzig. Tausend. Neben dem Geld, das sie sonst so bekam.

Als im Nebel ein Strommast vor ihm auftauchte, strebte Schäbel zu ihm hin, und als er ihn erreichte, sah er, daß er an einer Straße stand.

Er trat auf die Straße und versuchte auf dem Asphalt den Lehm von seinen Schuhen zu schleudern, was ihm leidlich gelang. Dann ging er die Straße entlang und dachte wohl zum ersten Mal an diesem Tag: »Was tu' ich überhaupt?«

Und wußte keine Antwort.

Er hatte wie in Trance gehandelt, seit einer Woche Ausweglosigkeit innen und außen.

Wenn ein Auto käme, würde er winken; er war als Junge manchmal per Anhalter gefahren, wenn er den Zug versäumt hatte.

Als ein Wagen kam, streckte er den Daumen hinaus, aber das Auto fuhr an ihm vorbei.

Nach vielleicht einem Kilometer kam Schäbel zu einem Dorf. Er sah die Kirche und dachte: »Rund um die Kirche sind die Gasthäuser. Was trinken.« Er kam in der Tat an ein Gasthaus, achtete nicht einmal auf den Namen, dachte noch: »Hoffentlich ist es auf«, und ging die fünf oder acht Stufen hinauf.

Es war geöffnet.

Ein Flur, rechts ging es ins ›Gastzimmer‹, links in die ›Wirtsstube‹.

Wirtsstube? Er ging in die Wirtsstube.

Das Gasthaus war so um die Jahrhundertwende gebaut worden, hatte dicke ausgetretene Fußbodenbretter, rechts standen Holztische, links eine Theke, weiter hinten ein Kachelofen. Zum Glück war er geheizt, und Schäbel hängte seinen Parka auf einen Haken neben den Ofen.

In der Gaststube saß ein älterer Mann vor einem Glas Bier und starrte vor sich hin.

Schäbel grüßte ihn und nickte dann mehrmals mit dem Kopf zur Wirtin hinüber. Es mochte auf die Mittagszeit zugehen, und wie er so in das Wirtshaus kam, dachte er plötzlich auch an Essen. Vielleicht das erste Mal seit einer Woche, jedenfalls schien es ihm so, und er bekam einen bestialischen Hunger.

»Kann man etwas essen?« fragte er.

»In einer halben Stunde etwa«, sagte die Wirtin.

»Was gibt es so?«

»Sauerfleisch mit Kartoffeln, Gemüseeintopf, wenn Sie wollen Steak à la Hawaii – und dann halt kalt, ich könnte Ihnen auch einen Camembert gebacken...«

Steak à la Hawaii – o Gott! Als Gourmet erkannte Schäbel daran, daß man hier wahrscheinlich nicht besonders kochen konnte. Und als Soziologe durchschaute er den falschen Versuch, sich weltstädtisch zu geben, anstatt auf die Stärke der eigenen Kochkunst zu vertrauen. Irgendwie war das auch eine Art Imperialismus, dem die bürgerlich-bäuerliche Küche zum Opfer zu fallen drohte.

»Erst einen Kaffee.« Bernhard Schäbel war Kaffeetrinker. Immer viel Kaffee trinken.

Rudi war Teetrinker.

Rudi war Gesines neuer Lebensgefährte. Früher war er Schäbels Freund und Kampfgenosse gewesen und war es doch wohl immer noch, denn *was soll's*! Keiner war Eigentum des anderen auf immer und ewig.

Gesine hatte gesagt: »Laß mich das erst ausleben«, als Schäbel nicht mehr damit zurechtkam.

»Mit Milch?« fragte die Wirtin.

»Nein, stark und ohne. Am liebsten einen Espresso.«

War aber nicht zu machen. Damals hatte noch nicht jede Dorfkneipe eine Espressomaschine.

Die Wirtin war eine Frau um die Dreißig, nein, vielleicht achtunddreißig, bewegte sich aber jünger. Ein paar kleine Falten um die Augen, und an den Ellenbogen kannst du das Alter einer Frau erkennen. Also vielleicht dann vierzig. Knapp. So in der Gegend. Sie erinnerte Schäbel an Jeanne Moreau. Ja!! An Jeanne Moreau. Er überlegte, was es war.

»Die Verhärmtheit, diese etwas schlechte Laune...«

Das war es. Nicht, daß auch sie die Mundwinkel nach unten zog. Aber vielleicht waren es auch die nackten Arme. Die Moreau sah er immer so, als hätte sie nackte Arme, und ihm schien jetzt, als wäre irgendwie etwas zwischen ihnen, zwischen ihm, Schäbel, und der Wirtin hier. Etwas Vertrautes, so als würden sie sich schon länger kennen. Aber es konnte auch etwas anderes sein, er wollte sich da nicht festlegen. Besser erst einmal abwarten.

Sie hatte die dunkelblonden Haare hochgesteckt und war ungeschminkt, doch konnte man sehen, daß sie wußte, wie man sich schminkte. Sie machte irgendwie – dieses irgendwie!!

Er suchte nach einem anderen Wort. Nicht dieses nichtssagende Dummdeutsch! Seit Gesine davon geredet hatte, versuchte er derartige Floskeln und Phrasen zu vermeiden, so gern er sie früher auch gebraucht hatte.

Also gut. Sie kam ihm vor, als kenne sie das Leben von allen Seiten und nicht nur hier auf dem Dorf.

»Wie heißt das hier?«

Er meinte: das Dorf. Wie heißt das Dorf?

Sie verzog den Mund und sagte: »Was meinen Sie?«

Da fragte er nicht weiter.

Der Kaffee machte ihn etwas warm, so daß er darüber nachdenken konnte, was er nun tun wollte.

Erst einmal wollte er die Schuhe loswerden, sich möglichst die Füße waschen – jetzt wäre es gut gewesen, ein paar weiche Clarks dabeizuhaben. Er besaß welche aus Wildleder, die hatte er schon seit zehn Jahren, total ausgelatscht, aber als ob du auf Wolken wandelst. Halbhoch und zum Schnüren, leider mit Kreppsohle, was kein Stil war. Doch er hatte sie natürlich nicht dabei, natürlich, wie auch?

Hier konnte er sich jedenfalls nicht die Schuhe ausziehen.

Als ob sie Gedanken lesen könnte, schaute die Wirtin in diesem Augenblick auf seine Schuhe und sagte: »Sie sind doch nicht zu Fuß unterwegs, oder?«

Jetzt lachte er, und sie lachte wieder, und er fragte: »Haben Sie auch Zimmer?«

»Haben wir.«

»Frei?«

»Frei.«

»Da würde ich gern eines nehmen.«

»Ich zeig's Ihnen.«

Als sie vor ihm herging, blickte Schäbel unwillkürlich auf ihren Rock. Das war kein Hausfrauenrock, das war ein erstklassiger Schnitt. Die Wirtin mußte gewußt haben, was sie tat, als sie ihn kaufte. Den hätte die Moreau in jedem Film mit Bravour tragen können. Mein lieber Schäbel!

Das Zimmer lag über den Gaststuben. Im Flur die gleichen ausgetretenen breiten Dielen wie unten, gescheuert, nicht übermäßig sauber, aber was beim Scheuern solcher Dielen möglich war, war gemacht worden. Ob sie da selbst scheuerte? Es gab Intellektuelle, die die Trennung von Hand- und Kopfarbeit auf die Weise beseitigen wollten, daß sie aufs Land zogen, um das einfache und womöglich harte Leben selbst auszuprobieren und sich so wieder ins Gleichgewicht zu bringen. Bis sie genug davon hatten und wieder in die Stadt zogen und sich vermeintlich geläutert wieder in das schöne süße Szeneleben stürzten. So sah die Frau aus, dachte Schäbel. Vielleicht war sie einem Mann gefolgt, um hier eine

Krise zu bereinigen, eine gemeinsame Krise, denn für sich allein machte das wohl kaum einer.

»Da!«

Sie öffnete eine der alten, mit graublauem Lack angestrichenen Türen. »Nummer drei.«

Die Klinke war noch so wie vor sechzig Jahren, die Schwelle heruntergetreten. Das jedenfalls registrierte Schäbel trotz seiner Müdigkeit.

Als sie danach ihre IKEA-Möbel kauften, hatte Gesine zuerst partout Trödel gewollt. Jahrhundertwende, altes Rentnermobiliar.

»Die haben noch gelebt. Da kannst du Jahre ablesen, neue Möbel sind tot, leerer Plunder.«

Hatte sie damals argumentiert. Am liebsten Arbeitermöbel, und das aber deutlich zu erkennen.

Es ist so, als könnte man in den Möbeln wie auf einem Film ablesen, was in ihnen einst gelitten und gelebt wurde. Das wußten sie nicht, aber sie ahnten es, und es ging ihnen doch allen darum: weg vom Wohlstand, zumindest nach außen hin, und hinein in das rohe, echte Leben. Der Schweiß der Geschichte sollte den Dingen anhaften. Als sie nichts Rechtes finden wollten, gaben sie es jedoch nach einer Woche auf und kauften bei IKEA ein. Der Hochzeitstermin rückte näher, und Gesines Vater sagte bereits: »Nun macht mal zu, Leute.«

Auch er hatte in Schäbel keinen Hasen erkannt. Er hatte nicht besonders viel gegen ihn, hielt ihn nur für einen Kommunisten, wollte aber dem Glück seiner Tochter nicht im Wege stehen. Wenigstens war Schäbel in seinen Augen ordentlich angezogen, denn als er ihn zum ersten Mal sah, trug Schäbel zufällig seine besten Schuhe (Faruzzi) und den Seidenschal im kostbaren Hemd.

Gesines Vater hatte schon aus Berufsgründen ein Auge dafür: Ein echter Kommunist kaufte sich keine Faruzzis. Außerdem hatte Gesines Vater noch Ofensetzer gelernt und war in den Zwanzigern selbst Kommunist gewesen, er hatte also einen Sinn für die wahren Kommunisten. Und sie hatten ja recht. Gehabt. Damals, in den Zwanzigern.

Das Zimmer Nummer drei war geräumig.

Gegenüber der Tür stand ein Schrank mit Spiegel. Daß er halb erblindet war, registrierte Schäbel, nicht ohne angenehm berührt zu sein. Auch ihm waren alte Möbel lieber als neue, und ein getrübter Spiegel bewies Alter. Vielleicht war er sogar aus handgeblasenem Glas. Darauf schaute Gesine immer, wenn sie Fensterscheiben in alten Häusern sah. Viele ihrer Freunde versuchten damals Altbauwohnungen zu ergattern, notfalls durch Hausbesetzungen. Aus dem gleichen Grund: weg vom Wohlstand. Sie waren ja alle aus bestgestellten Familien. Ausgebrochen, wie sie meinten. Dabei bezogen sie von zu Hause immer noch den sicheren Monatsscheck. Auch wenn sie das lieber nicht an die große Glocke hängten. Mußte ja nicht sein.

Der Schrank war gleichfalls aus den Zwanzigern, so viel hatte sich Schäbel in der einen Woche – zumal ihn das auch interessiert hatte – doch an Wissen über Trödel erworben. Außerdem war Trödel irgendwie zugleich eine Stilfrage. Und Stil war nun mal Schäbels Hobby.

Unter dem Fenster ein behäbiger Tisch mit einer alten Tischdecke. Die Tischdecke war gar nicht übel. Weiß mit ein paar verblichenen Stickereien, Gesine hätte gejubelt. Sie hätte gesagt: »Das finde ich irre, Schäbel. Bleiben.«

Für einen Augenblick fühlte sich Schäbel bei diesem Gedanken mit Gesine verbunden.

Die Fenster mit Fensterkreuzen, darunter breite Sokkel, die Gardinen verblichen wie die Tischdecke.

Das Bett rechts von der Tür an der Wand. Auch aus den Zwanzigern, schweres Holz und ein dickes Federbett. Das war das einzige, was ihm nicht gefiel. Federbetten haßte er. In seiner Kindheit hatte er bis zu seinem zwölften Jahr unter so einem Federbett geschwitzt. Das würde er sich austauschen lassen.

Ein Nachttisch mit Marmorplatte. Eine Lampe darauf und eine Birne mit Schirm von oben. Vor dem Bett ein kleiner Bettvorleger. Mehr war bei den Holzdielen auch nicht nötig.

Breite Holzdielen liebten sie damals alle. Was sie haßten: neuverlegtes Parkett und lackiert.

Altes Parkett, ausgetreten, vielleicht ein paar Brandflecken, das ja. Es durfte auch ruhig quietschen.

Rudi hatte mit seiner Frau so eine Wohnung.

Gesine liebte diese Wohnung über alles, nur wollte Rudis Frau ihn und die Wohnung nicht freigeben. Noch nicht.

Rudis Frau kam auch nicht mehr zu den Versammlungen, was nur konsequent war, denn wer Besitzansprüche anmeldete, gehörte da nicht hin.

Als Schäbel an der Wirtin vorbei ins Zimmer ging, roch er an ihr noch den Rest eines Parfüms, mit dem sie Männer schwindelig machen. Den Rest nur, wohl die Spuren einer heißen Nacht, was Schäbel aber allenfalls unterbewußt wahrnahm, denn von heißen Nächten wußte er als Hase nichts.

»Nehme ich.«

»In Ordnung.«

Die Wirtin nickte, fragte nicht, für wie lange, und nicht, wie er hieß. Und kein Wort vom ›sich eintragen‹. Was für eine Frau! *Wow* Schäbel!!! *Das* war Format.

Gesine benutzte keines dieser Parfüms, aus Protest gegen den Kapitalismus. Sie benutzte ›Krasnaja Swezda‹ – roter Stern, eines der zwei im Ostblock existierenden Parfüms. Es stank, daß die Fliegen von den Wänden fielen. Ein Kamerad hatte es ihr aus Prag mitgebracht. Wenn sie es aufgelegt hatte, hielt Schäbel, ohne daß es Gesine merken sollte, zwei Meter Abstand von ihr. Was ihr gar nicht unrecht war. Sie wußte nicht, warum sie ungern in seiner Nähe war. Vielleicht nahm sie einfach unter seiner Lotion den Hasengeruch wahr, ohne ihn genau einordnen zu können.

Sie schliefen schon eine Woche nach der Eheschließung getrennt. Erst als sie anfing, mit Rudi manchmal Stunden im Bett zu verbringen, benutzte sie ›Krasnaja Swezda‹ nicht mehr, weil Rudi gesagt hatte: »Du stinkst ja wie eine ukrainische Wanze.«

Sie nahm es dann nur noch, wenn sie mit Schäbel mal zum Essen oder ins Kino ging.

Als die Wirtin aus dem Zimmer war und noch ein wenig von ihrem Duft im Raum schwebte, roch Schäbel unter seinen Armen und dachte: »Ich muß ja stinken wie ein Hase.«

Oh, Schäbel. Nie im Leben warst du dir selbst so nah wie in diesem Augenblick.

Schäbel zog seinen Pullover aus und warf ihn aufs Bett. Da fiel ihm auf, daß er keine Seife dabei hatte. Daß er *nichts* dabei hatte. Nicht einmal Lotion. Und ein Deo schon gar nicht. Schließlich war er nicht in die Ferien aufgebrochen, sondern ins Inferno. Existentialistische Verzweiflung war angesagt gewesen. Das fiel ihm jetzt peinlich berührt ein.

Er ging nach unten, die Arme eng an den Leib gepreßt.

Unter der Tür zur Wirtschaft blieb er stehen und sagte: »Ich habe keine Seife dabei.«

»Ich bringe gleich welche.«

Als er sich duschte, merkte er, daß die Seife genau seine Duftrichtung war. Aramis oder so.

»Da guck an!«

Er war sicher, *sie* hatte die Seife ausgesucht. Und sie hatte offensichtlich nicht gespart. Vielleicht war es auch die Seife ihres Mannes. Sicher ursprünglich nicht für Gäste bestimmt, die ohne Gepäck reisten.

Sah sie aus, als hätte sie einen Mann?

Sie sah so aus, als hätte sie nie *keinen* Mann gehabt.

Nach dem Duschen legte sich Schäbel auf das Bett und überlegte, was er als nächstes tun sollte.

Erst einmal richtig gut essen gehen.

Er wischte die Schuhe mit den Socken innen und außen sauber, spülte die Socken aus und schlüpfte barfuß in die Schuhe. Dann ging er nach unten, die Socken verstohlen in der Hand. Er wollte sie unbemerkt in einer Ecke des Ofens zum Trocknen ablegen.

Natürlich bemerkte die Wirtin sein Vorhaben und sagte: »Geben Sie her«, und ging mit den Socken nach hinten.

Man soll nicht sagen, sie hätte in diesem Moment etwas ›Mütterliches‹ gehabt.

Schäbel versuchte die Beine unter dem Tisch so zu stellen, daß sie nicht sah, daß er Schuhe ohne Socken trug, denn das hielt er für stillos. Ihm schien, als sähe sie bewußt nicht hin, wohl, um ihn nicht in Verlegenheit zu bringen. Wie taktvoll sie war!

Im übrigen erkannte auch sie Schäbel nicht als Hasen.

Das Essen war trotz seiner Befürchtungen in Ordnung. Wäre er nicht so auf die französische Küche eingeschworen gewesen, hätte er sogar erkannt, daß es vorzüglich war. Manche Leute kamen aus einem Umkreis von bis zu sechzig Kilometern weit her, der eine oder andere nicht zuletzt wegen der Wirtin.

Nach dem Bier wallte das Blut wieder fröhlich durch Schäbels Adern. Wäre er nicht auf Rotwein eingeschworen gewesen (er liebte den Wein um die Rhône herum), hätte er vielleicht erkannt, daß dieses Bier hier zu den besten weit und breit gehörte. Eine kleine Brauerei mit wenig Ausstoß. Die Temperatur auf ein halbes Grad richtig, ein gepflegtes Bier von der Kohlensäure bis zum Schaum, nicht oft zu finden und für den Bierkenner ein Labsal.

Kein Wunder, daß Schäbel sich nach dem Essen pudelwohl fühlte.

In den letzten Tagen, wenn nicht gar Wochen, hatte er seinen Körper überhaupt nicht mehr gespürt, kein Hunger, keine Kälte (bis zu dem Lauf über den Acker). Jetzt streckte er sich genüßlich. Versuchte das so zu tun, daß sie es nicht wahrnahm. Nur die Beine unter dem Tisch und die Arme, ohne sie auszubreiten.

Die Wirtin trocknete unterdessen ein Glas, versuchte nicht zu Schäbel hinüberzuschauen, und ihm fiel sein Lieblingsfilm mit der Moreau ein. JULES UND JIM.

Die Wirtin sah nun gar nicht mehr mißgelaunt aus.

Aber auch die Moreau sah in *dem* Film nicht mißgelaunt aus, im Gegenteil. Sie hatte es da mit zwei Männern gleichzeitig, und die beiden Männer waren obendrein auch noch Freunde geblieben. Hätte Gesine nicht auch mit ihnen beiden zusammen…, sie in der Mitte? Rudi war schließlich sein bester Freund gewesen.

»Noch ein Bier bitte«, sagte Schäbel und schob Gesine aus dem Kopf. Er war hier, um sich über einiges klarzuwerden, um sich selbst zu finden. Was sollten da Spekulationen und Träume, die doch nicht realisierbar waren?

Gesine hätte sich ohne Bedenken mit zweien eingelassen. Nur durfte der zweite nicht er sein. Schäbel.

»Kann ich dann so einmal in der Woche alles zusammen bezahlen?« fragte Schäbel. Er hatte unwillkürlich ›einmal in der Woche‹ gesagt. Offensichtlich hatte er bei dieser Formulierung sein ›Unterbewußtsein‹ entscheiden lassen.

»Ja, natürlich.«

Er hatte gefragt, weil er seine Finanzlage nicht übersah. Er hatte wohl Geld eingesteckt, aber wieviel, wußte er nicht.

Später ging Schäbel nach oben und durchwühlte seine engen Jeans. Zusammengelegt zu einem kleinen Paket fand er etwa achthundert Mark, alles Hunderter, dann noch etwas Kleingeld. Er hatte, als er ging, alles, was er an Geld in der Wohnung fand, in die Tasche gesteckt. Das würde vorerst reichen.

Er zog die Hose aus, hängte das Hemd auf einen Bügel und dann an den Fenstergriff, damit es auslüften konnte. Draußen regnete es noch, mit Auslüften war da wohl nicht viel zu machen.

Ihm war aufgefallen, daß die Wirtin länger als nötig auf sein Hemd geschaut hatte.

Er fühlte sich ein wenig erkannt. Andererseits hätte sie sich ohne dies vermutlich auf die Bezahlung einmal pro Woche nicht so unbedenklich eingelassen.

»Die edlen Menschen erkennen sich am Hemd.«

Er grinste bei diesem Gedanken und dachte: »Wie gut, daß keiner weiß, was Schäbel wirklich denkt.«

Schäbel trug jetzt nur noch ein T-Shirt und Boxershorts. Er schlief immer in T-Shirt und Boxershorts.

Gesine hatte ihn in der ersten Woche ihrer Ehe gefragt: »Schläfst du nie nackt?«

»Doch, wenn es heiß ist, zum Beispiel in Griechenland.«

Er lag auf dem Bett, und ihm fiel ein, daß sein Friedrich-Ebert-Stipendium im nächsten Monat auslief. Er würde ihm keine große Träne nachweinen, denn eine Monatszahlung reichte gerade für dreimal französisch essen. Davon einmal à la carte, das zweite Menu, und natürlich nur mit Tischwein, kein Rhônewein. Oder für drei Hemden seines Stils.

An dieser Stelle schlief Schäbel ein.

Schäbel hatte so tief geschlafen, daß er, als er gegen Abend aufwachte, zuerst nicht wußte, wer er war. Das war ihm noch nie passiert, machte ihn, nachträglich betrachtet, aber auch nicht besorgt.

Tiefschlaf, mehr nicht.

Dann fiel es ihm ein: Bernhard Schäbel, Vorsitzender der Jungpartei, Hiwi an der Uni, der Vertrag war abgelaufen, und da er keinen Bock drauf hatte, einen Job anzunehmen, hatte er sich ein Friedrich-Ebert-Stipendium beschafft mit der Vorgabe, seine Doktorarbeit abzuliefern. Nicht eine Minute hatte er daran gearbeitet, er hatte nicht einmal daran *gedacht*. Er hatte auch nie vorgehabt, daran zu denken. Ihm ging es nur darum, daß er Zeit gewann, um nachdenken zu können, wie es weitergehen sollte. Obwohl er sich insgeheim längst dachte: »Was soll's.«

Auf alle Fälle paßte es ihm fast, daß ihm die Geschichte mit Gesine dazwischengekommen war: Er steckte nun in einer Krise. Und nichts wurde damals von jedermann so sehr verstanden, so allgemein umhegt und gepflegt wie eine Krise. Besonders wenn es sich um eine Identitätskrise handelte.

Wenn sie allerdings zu lange dauerte, dann wurde es

die Umwelt müde, und man konnte nicht mehr Verständnis und Beistand von ihr erwarten. Diesen Zeitpunkt durfte man nicht verpassen. Sonst war man abgemeldet. »Krisenheini!«

Schäbel hielt die Augen noch eine Weile geschlossen, um den Schlaf auslaufen zu lassen. Dann blickte er auf, und als er die Möbel sah, erkannte er erst eigentlich, wo er war und was er hier tat.

Er war also nicht in der Wohnung, die er mit Gesine teilte. Geteilt hatte. Die er bis vor einem Monat gemeinsam mit ihr bewohnt hatte.

Und jetzt fiel ihm nach und nach ein, was da gelaufen war und warum.

Sie hatten geheiratet, das war jetzt vier oder fünf Jahre her.

Er wußte im ersten Semester nicht, wo und wie die Dinge so liefen. Es wurde viel in den Kneipen gesessen, die Vorlesungen waren sehr locker. Kaum einer ging hin, es war Revolution. Aufstand der Studenten, die sich zur Elite der Intellektuellen zählten.

Aber auf die Seite der Arbeiter schlugen.

Sie trafen sich in Kneipen, Cafés, auch schon mal in Bernies schmaler Bude, einmal waren sie dort über dreißig Leute. War ein irrer Abend.

Sie sangen Arbeiterlieder, einer spielte auf einer Ziehharmonika, Jannis war dabei, redete mit griechischer Leidenschaft und kochte. Alles war für eine Weile griechisch, dann machte Jannis eine Kneipe auf, und man zog in seine Kneipe.

Jannis war Schauspieler, und sie lösten alle Probleme der ausgebeuteten Arbeiter mit links.

Wenn Bernie nachträglich darüber nachdachte, dann war nie ein Arbeiter unter ihnen. Eines der Mädels hatte einmal jemanden mitgebracht, der früher ein Arbeiter gewesen war, und der hatte – Bernie fiel es jetzt ein – gesagt: »Wie wollt ihr über Arbeit reden, wenn ihr nie gearbeitet habt?«

»Man muß nicht im Wasser gestanden haben, um über nasse Füße reden zu können.«

Sie hatten eben für jeden Einwand und jedes Problem einen Spruch auf Lager.

»Doch wer nie nasse Füße gehabt hat, weiß es nicht so, wie es einer weiß, der im Wasser gestanden ist.«

Der das eingewandt hatte, war offensichtlich auch nur ein Revisionist und Besserwisser. Er wurde in Zukunft nicht mehr gefragt. Man duldete ihn vielleicht noch ein paarmal, um den Schein der Toleranz zu wahren. Aber dann suchte sich das Mädchen einen neuen Freund, einen von ihnen, einen wahren ›Kämpfer‹.

Kurzum, es wurde geredet und geredet. Modelle für eine neue Staatsform lagen bereit, und etliche kamen nicht mehr in die Kneipen, weil man sie nicht sehen durfte; sie waren in den »Untergrund« gegangen und wollten sich und die anderen nicht gefährden. Natürlich hatte man weiterhin Kontakt und verfolgte die revolutionären Aktivitäten mit Begeisterung.

Gesine war immer dabei und rauchte viel.

Kein Tag, an dem Bernie und sie sich nicht sahen.

Doch zwischen ihnen war nichts, was vielleicht ein wenig elektrisierte. Es war nur so eine ganz freundschaftliche Beziehung.

Kein Wunder, die Gene zogen sich nicht an.

Einmal hatten sie wieder in Bernies Wohnung gekocht, griechisch, Jannis hatte sich diesen Tag in seiner Kneipe freigemacht. Etwa acht Leute waren da, und es wurde geredet und getrunken, die Stimmung war prächtig. Wenig kontroverse Diskussionen und alles so voller Zuversicht, daß es mit dem Kapitalismus bergab gehe, und mittendrin – Gesine saß neben Bernie auf dem IKEA-Sofa und rieb, wohl im Spaß, ihr Knie an dem seinen und blies ihm den Rauch ins Gesicht –, und mittendrin sagte Gesine ein wenig besoffen, sie hatte schon drei Joints in sich: »Wir könnten doch heiraten, Schäbel. Du bist kein übler Typ. Dann bekommst du die doppelte Studienbeihilfe, und mein Alter spuckt auch noch mal hunderttausend aus – doch nix dagegen zu sagen, oder?«

Bernie überlegte wohl, doch nicht allzu lange. Er hatte mindestens einen Liter Retsina getrunken und lachte auf seine weiche Hasenart, er sah überhaupt immer aus, als lache er, Hasen sehen so aus. Das gab ihm so ein freundliches, positives Aussehen, als sei er für alles zu haben, weswegen ihn auch alle liebten. »Warum nicht!« sagte er, und dann rief Gesine: »Jungs und Mädels – Nein! Mädels und Jungs: Bernie und ich heiraten. Was sagt ihr jetzt?«

Es wurde eine fröhliche Hochzeit in Jeans und Protestkleid. Gesines Vater stiftete eine größere Wohnung, Bernies Mutter oder Vater einen nicht kleinlichen Betrag für den ›Aufbau‹.

Hochzeitsnacht!

Als ob sie es vergessen hätten, war ihnen das Thema Beischlaf noch nie eingefallen.

Alter Hut, darüber redete man ohnehin nicht in dieser Zeit. Man tat »es« einfach, ohne große Diskussion. Man ging untereinander ins Bett, egal wo und mit wem, brachte »es« hinter sich und ging wieder etwas verschwitzt hinaus. Und keine Rede mehr darüber.

Nun war Gesine nicht der Typ Frau, der sich gerne besonders verführerisch gab. Sie hatte kurze Haare und legte größten Wert darauf, kein Sexobjekt zu sein. Wenn sie mit jemandem ins Bett wollte, dann bestimmte sie es.

Und mit Schäbel wollte sie nie ins Bett.

Daß sie ihn heiraten wollte, war eher als Schlag gegen überkommene Konventionen gedacht. Ein Schiß ins Lager der Bourgeoisie.

Und Schäbel? Ihm hatten Frauen in erotischer Hinsicht nie etwas bedeutet, ohne daß er sich je etwas dabei gedacht hätte, und hätte man ihn jetzt auf die Hochzeitsnacht angesprochen, dann hätte er wohl auf seine Art laut zu lachen versucht: »Na, du hast vielleicht Fragen!«

Sie hatten die Hochzeit schon in der neuen größeren Wohnung feiern können; sie hatten extra so lange gewartet, bis sie fertig war, denn sie wollten alle Kameraden um sich haben und viel Tamtam. Der Sinn ihrer Hochzeit war: großen Spaß haben.

Die letzten gingen am nächsten Morgen, doch man zog sich schon ab Mitternacht zum Schlafen zurück. Jene, die nicht mehr weitersaufen konnten, auch solche, die Lust hatten zu kopulieren, gingen in die Nebenzimmer, wer störte sich schon dran, die große Freiheit war schließlich gerade erst erfunden worden. Und letztlich sagte sich jeder: »Was soll's.«

Als dann so gegen sechs Uhr früh Gesine im Spaß sagte: »Und nun, lieber Bernie, die eheliche Pflicht«, lachten beide so laut – denn ›Pflicht‹ war genau das, wofür sie leben wollten –, daß sie sich noch auf dem Sofa nach hinten fallen ließen und einschliefen.

Ihre Betten waren sowieso belegt.

In den Tagen danach hingen sie so herum. Saßen in den Cafés und Kneipen, Bernie – er hatte bislang nicht geraucht, Hasen rauchen nicht – qualmte seine ersten Zigaretten und hatte einen vernebelten Kopf und nervösen Magen.

Nach der Hochzeit braucht man keiner Arbeit nachzugehen, Honigmond. Sie hätten sowieso nicht gearbeitet. Wenn sie in zwei Wochen auf zwei Vorlesungen kamen, war das viel. Meist gingen sie getrennt oder an verschiedenen Tagen zur Uni. Sie trafen sich abends in der Kneipe oder hingen tagsüber in einem Café herum.

Nach etwa drei Wochen ergab es sich, daß sie etwas früher ins Bett gingen und Bernie sagte: »Jetzt schlafen wir mal miteinander, komm!«

»O. k.«, sagte Gesine und drückte die Zigarette aus.

Danach sagte Schäbel: »Weißt du, eigentlich mache ich mir nichts aus Sex.«

»Geht mir nicht anders«, entgegnete Gesine, und sie lachten sich halbtot.

Was soll's.

Am Geräusch konnte Schäbel erkennen, daß es draußen noch regnete. Er stand auf, sah aus dem Fenster auf den verregneten Dorfplatz und nahm sein Hemd vom Fenstergriff. Er zog Hemd und Jeans an, den Pullover darüber und suchte seine Socken. Ihm fiel ein, daß sie ja zum Trocknen unten auf dem Ofen lagen. Zudem verspürte er einen bestialischen Hunger.

Er schlüpfte barfuß in die Schuhe, und als er die Tür öffnete, fand er die trockenen Socken draußen an der Türklinke hängen. Sie waren sogar gewaschen.

»Na, da guck an!« dachte er, und die Wirtin fiel ihm ein mit ihrem Moreauduft.

Gesine hatte nie etwas für ihn gewaschen.

Er mußte seine Sachen immer selbst in die Waschmaschine stecken. Gesine warf nur *ihre* Sachen in die Maschine und fragte dann: »Hast du was zu waschen?«

»Ja.«

»Dann wirf es in die Maschine, ich wasch' jetzt.«

Ähnlich war es mit dem Bügeln. Einmal, als Gesine bügelte, was sie ungern und fast nie tat, war ein Hemd von Schäbel mit im Wäschekorb. Sie legte das Hemd beiseite, und als er fragte: »Was ist mit dem Hemd?«, hatte sie gesagt: »Wieso?«

»Kannst du's mir nicht bügeln?«

»Bügelst *du* meine Blusen?«
»Nein.«
»Na also.«
Später holte Schäbel das Bügeleisen wieder heraus und bügelte das Hemd selbst. Er gab ihr sogar recht.

Als Schäbel in die Wirtsstube kam, waren etwa drei Tische besetzt, es mochte acht Uhr sein. Leute aus der Umgebung, die einander kannten, so schien es ihm. Draußen regnete es noch; es standen ein paar schwarze, bäuerliche Schirme in einer Ecke, und die Hüte waren naß. Schäbel kombinierte immer gern und schloß aus dem, was er sah, auf das, was er nicht sah. Als Politiker mußt du ein waches Auge und ein schnelles Kombinationstalent haben, sonst kommst du nicht nach oben.

Hinter der Theke stand ein vierschrötiger Mann, etwa vierzig, schwarzer Vollbart. Der Wirt.

Die Wirtin bediente, er schenkte ein, aus der Küche hinter der Theke roch es nicht schlecht nach Kesselfleisch oder Knödel oder was auch immer heute auf der Speisekarte stand. Das mit dem Steak à la Hawaii war also vielleicht doch nur ein Ausrutscher gewesen.

In der Küche wirtschaftete noch jemand anders, den man nicht sehen konnte. Schäbel vermutete: eine Köchin.

Er setzte sich an einen freien Tisch und versuchte sich erst einmal zu orientieren. Er nahm die Brille ab und putzte sie mit einem Taschentuch; er war einer der wenigen jungen Leute, die damals noch ein Taschentuch bei sich hatten. Wohl schneuzte er sich nicht eigentlich in das Tuch, denn wenn er Schnupfen hatte, benutzte auch er Tempotaschentücher, doch hatte man, wenn man an Schäbel dachte, ihn immer mit einem Taschentuch im Gedächtnis. Irgendwie, irgendwo hielt er es, putzte die Brille oder wischte sich über Kinn oder Stirn oder so.

Jetzt also putzte er die Brille. Dabei stützte er sich mit den Ellenbogen auf den Tisch, zog die Schultern hoch und schaute sich so um, wie er meinte, daß man nicht merken würde, daß er sich umsah. Er versuchte auffallend, die Wirtin zu übersehen, begegnete dann aber ihrem Blick, und sie nickte ihm etwas zu freundlich zu, also mehr, als ihre Moreau'sche Mißlaune es hätte zulassen dürfen.

Schäbel nickte zurück, lächelte auch etwas, und sie legte ihm eine handgeschriebene Speisekarte vor. Handgeschriebene Speisekarten sind in der französischen Gastronomie ein gutes Zeichen. Gute Küche. Wenn er den Wirt anschaute und die Frau dazuzählte, konnte Schäbel sich vorstellen, daß die zwei wußten, was Eßkultur ist. Und wenn er an das Mittagessen dachte, erinnerte er sich, daß ihn da ein großes Wohlbehagen befallen hatte.

Der Sinn eines Essens ist, daß ein großes Wohlbehagen sich einstellt und der Mensch sich zurücklehnt und vor Glück brummt.

»Chrrrmrmm.«

So.

Der Wirt also war einer, dem man zutraute, daß er in zwei Stunden einen Baum mit zwei Metern Durchmesser fällen, die Äste absägen, in kleine Stücke schneiden und stapeln würde. Zwei Stunden.

So einer war der Wirt.

Die einfachen Leute waren nicht zwangsläufig dumm, wie man früher vielleicht gedacht hätte. Die Intelligenzia verbreitete gern solche Irrmeldungen. Doch seit Schäbel (von der Partei her) an der Basis arbeitete, wußte er, daß unter diesen Leuten unglaublich logische Denker waren. Gerade auf dem flachen Land. Sie dachten einfach, aber richtig. Das verblüffte ihn, den studierten Soziologen, manchmal richtiggehend. »Der Knecht ist der Wahrheit oft näher als der Meister.«

Wo hatte er das noch gelesen?

Er wußte es nicht mehr.

Schäbel beschäftigte sich sehr mit der Frage, wie man beim Menschen die Intelligenz erkennen, messen und kategorisieren konnte. Er hatte ein System entwickelt, die Schäbelsche Intelligenzmeßskala sozusagen, von der er hoffte, daß sie die Binet-Simon-Methode wie Mehlstaub vom Tisch fegen würde. Diese war total veraltet, und auch von dem Hamburg-Wechsler-Intelligenztest war nicht viel zu halten. Genauso das Wilde-Verfahren – all diese Testmethoden hatten doch nicht das mindeste mit dem wahren Leben zu tun. Dem wurde nur Schäbel mit seiner Studie voll gerecht, auch wenn er sein neues Verfahren vorerst noch in der Hinterhand hielt, um eines Tages die Welt und die Wissenschaft voll zu überraschen.

Wenn er daran dachte, schob er den Unterkiefer zur Seite und nickte vor sich hin.

Er schaute die Gaststube jetzt genauer an.

Ob jemand gesehen hatte, wie er sich selbst zunickte? *Was soll's? Sind doch alles Käuze, die da herumsitzen.*

Die Wände waren unten vertäfelt, oben gelblich gestrichen, in einer Ecke hing ein kleines Kruzifix, ein paar verblichene Blumen drumherum. Ansonsten waren zwei, drei Sprüche an den Wänden angebracht: »Ist der Hahn aus dem Haus, gehen die Hühner tanzen«, und solcher Unsinn. Wahrscheinlich hatten die Wirtsleute diese Sprüche bei der Pacht mit übernommen und ließen sie wohl wegen ihres skurilen Unsinns weiter hängen. Es sah so aus, als sei der Gastraum vor wenigen Jahren erst neu gestrichen und vorsichtig ein wenig restauriert worden.

Er gab dem Wirt den Intelligenzquotienten 135 nach der Schäbel-Skala, was sehr viel war. Sich selbst legte er bei 180 an, Rudi bei 140, denn dumm war Rudi beileibe nicht, er hatte ja einige beachtliche Parteiarbeit geleistet. Vielleicht brachte es der Wirt aber auch auf 150. Darauf ließ zumindest die Schnelligkeit der Augenbewegung schließen und die Art, wie er Menschen und Dinge wach aber unaufdringlich anschaute oder auch an ihnen, wo es angebracht war, diskret vorbeisah: Das alles sprach sehr für ihn, den Wirt.

Dann hingen an den Wänden zwei Öldrucke. Ein Wilddieb und eine Stadtansicht.

Das Gastzimmer war verraucht. Schäbel rauchte nicht mehr so gern, hatte noch nie mit Begeisterung geraucht, und wehte den Rauch vom Nachbartisch mit der Hand weg. Hätte das einer der Gäste bemerkt, wäre er schon eingestuft gewesen. Zum Glück aber waren alle mit dem Essen beschäftigt.

Wer ißt, soll essen und sich nicht umschauen. Es gibt nichts Elenderes, als mit Leuten essen zu müssen, die beim Essen reden. Gipfel aller Unkultur sind sogenannte Geschäftsessen.

Der Nachbartisch war also ins Essen vertieft, und wenn Schäbel sich die Leute ansah, mußte er zugeben, daß sie mit großem Wohlbehagen aßen. Die Küche hier schien in der Tat gut zu sein. Er mußte nur ein wenig umdenken – nicht französische, sondern einheimische, ›folkloristische‹ Küche sozusagen als Nonplusultra der Gaumenfreuden. Schließlich wollte er seinem Leben ohnehin eine neue Richtung geben – wozu sonst war er aufgebrochen?

»Was nehmen Sie?«

»Was soll ich nehmen?«

»Schweinebraten«, sagte die Wirtin, »heute ein Gedicht. Mit Knödel oder Kraut und Kartoffeln.«

»Knödel.«

»Zu trinken?«

Sie schob schon den Bierdeckel zu ihm herüber und beugte sich dabei über den Tisch, daß Schäbel ihre Brust sah. Erstaunt stellte er fest, daß ihn das verwirrte – als Hase hatte er sich bislang nicht viel aus so etwas gemacht.

»Ein Bier.«

Gesine hatte so gut wie keinen Busen. Das war ihm nicht einmal aufgefallen, jetzt fiel es ihm aber ein.

Bier war auch nicht seine Sache, er liebte Rotwein,

und da besonders den von der Rhône. Die Zuwendungen von seiner Mutter, dazu die reichlichen Studienbeihilfen und später das Gehalt als Hiwi, hatten es ihm erlaubt, sein Faible für Wein zu pflegen. Auch bei Parteiessen hatte er sich gelegentlich einen guten Tropfen genehmigen können.

Jetzt aber galt es umzudenken und alles ganz anders zu machen als zuvor. Am besten, er ließ sich einfach überraschen, was daraus werden würde. Noch hatte er über Selbstfindung nicht ernsthaft nachgedacht.

Der Schweinebraten war erstklassig, und das Bier brachte ihn, wie mittags schon, in eine selige Stimmung.

Schäbel machte Pläne.

Erst einmal hierbleiben und ausschlafen, dann käme er schon auf die Beine, und auch der Kopf würde wieder klarer werden. Und nur nicht allzuweit im voraus planen. *Die Zeit wird's bringen – und was soll's!* Er war ja in den letzten Wochen komplett daneben gewesen.

Ein Problem war allerdings die Kleidung – er hatte nichts zum Anziehen mitgenommen. Es hieß also entweder noch einmal nach Hause fahren und dann wiederkommen – aber das kam nicht in Frage. Er konnte diese Wohnung nicht mehr ertragen. Seit Wochen war nichts mehr aufgeräumt worden, und in der Küche lag der Müll herum. Das Bett war nicht gemacht; als letzte hatten Gesine und Rudi darin gerammelt. Er hatte in diesen Nächten auf dem Sofa geschlafen und sich mit einer Wolldecke zugedeckt.

Oder er könnte sich von seiner Mutter einiges schikken lassen, sie griff ihm ja immer gern unter die Arme, damit er sich unbelastet mit den wichtigen Dingen des Lebens beschäftigen konnte. Auch hatte er bei seinen Eltern noch genug Klamotten, denn Muttern hielt ihm immer ein Zimmer frei, Platz genug war in dem Haus.

Doch wollte er seine Mutter nicht mit hineinziehen.

Dennoch brauchte er eine Weile, bis er sich für ein Nein entschied. Obendrein würde es zu lange dauern, bis die Kleidung von ihr einträfe; auch wußte sie nicht, wie er sich inzwischen gerne anzog. Sie würde ihm nur das Falsche schicken; sein »Stil« hatte sich geändert.

Besser war es, er ließ sich Geld von ihr überweisen. Das würde sich nicht vermeiden lassen, denn sein Konto war im Minus. Gleich morgen würde er seine Mutter anrufen. Wenn es eine Bankfiliale in diesem Dorf gab, konnte sie ihm den Betrag telegrafisch auf seinen Namen anweisen lassen – hatte er einen Ausweis? Er würde später in seinem Parka nachsehen.

Er brauchte auch neue Wäsche.

Vorerst würden ihm zwei zusätzliche T-Schirts und eine Boxer reichen, vielleicht gab es hier einen Laden. Die achthundert Piepen würden reichen, bis der Nachschub von seiner Mutter käme.

»Noch ein Bier?« Als die Wirtin das Glas holte, berührte sie ihn mit dem Bein, so, als wäre es Zufall. Er nahm es auch als Zufall.

Schäbel aß nach jedem französischen Mahl immer Käse. Das gehörte dazu, und was den Käse anging, war er ein Kenner. Allerdings nur vom französischen; griechischen kannte er ein wenig wegen Jannis, doch war der bei weitem nicht so gepflegt wie der französische. Wenn man beim Lagern nicht bei jedem Käse genau die Temperatur einhält, die er braucht, um zu reifen und sich zu entfalten, wird er nichts. Man kann jedem Franzosen anmerken, in wessen Händen er gewesen ist. Den Griechen ist die Lagerung scheißegal. Ziegenkäse – aus. Na, wenigstens ist er nicht so schlecht wie der deutsche, dachte Schäbel. Was wissen die Germanen schon über Käse? *Der Käse muß den Hauptgang nicht nur ergänzen, er muß ihn begraben, er muß ihn verherrlichen* – Schäbel schwelgte im Bierrausch und war sich nicht sicher, ob jeder hätte wissen dürfen, was er gerade so dachte. Der Wirt schaute auch schon einmal voll auf ihn, als wüßte er, welchen Unsinn Schäbel dachte, und Schäbel versuchte, seinem Blick auszuweichen.

Seine Frau reichte ihm gerade Schäbels leeres Glas. War sie überhaupt seine Frau? Menschen mit einem IQ über 140 heirateten heutzutage nicht, weil die Ehe der Tod jeder Beziehung war. Daß Schäbel geheiratet hatte, war mehr als ein Ulk aufzufassen. Ab einem IQ von über 170 nach der Schäbelschen Skala konnte man sich jeden Unfug leisten, ohne das Gesicht zu verlieren.

Der Wirt tauchte das Bierglas ins Wasser, schüttelte es und stellte es unter den Zapfhahn.

»Das ist der von drei«, sagte die Wirtin zum Wirt, aber Schäbel saß zu weit weg, um zu hören, daß von ihm die Rede war. »Findste nicht, daß er wie John Wayne aussieht? Wenn er die Brille abnimmt.«

»Nein, eher wie ein Hase«, antwortete der Mann.

Gesine hatte einmal – nachdem sie etwa zwei Wochen intensiv mit Rudi kopuliert hatte – gesagt: »Findste nicht, daß er was von Paul Newman hat?«

»Nein«, hatte Schäbel damals gesagt. »Dann schon eher was von Rosa Luxemburg.«

Das sollte ein Witz sein, kam bei Gesine aber gar nicht an. »Du bist ein Idiot.«

Sie kannte ja Rudi genauso lange wie sie Schäbel gekannt hatte. Und sie hatte zu ihm nie ein anderes Verhältnis gehabt als auch so eine rein freundschaftliche Beziehung.

Dann mit einemmal, etwa drei Monate nachdem sie geheiratet hatten, saßen sie bei Schäbels, etwa zwölf Leute. Es war nichts Besonderes gekocht worden, wer etwas essen wollte, holte sich aus der Küche Weißbrot, Käse oder Salami. Jeder brachte für solche Abende etwas mit. Diesmal trank man italienischen Wein. Sie hatten gerade ihre italienische Phase. Mal war griechisch angesagt, dann italienisch.

Französisch war für die anderen zu teuer. Französisch hielt sich Schäbel reserviert.

Es ging um Leute unter ihnen, deren Väter Kapitalisten waren, und Rudi hatte nicht schlecht getankt. Wenn er getrunken hatte, wurde er kämpferisch und legte los: »Zu Haus einen Vater haben, der die Arbeiter ausbeutet, und sich jeden Monat seinen goldenen Scheck abholen. Und dann hier die ›roten Zellen‹ anhimmeln, soll ich dir sagen, was das ist? Die letzte Scheiße, Mädel, die aller-letzte-Modescheiße!!«

Ob er dabei auf Gesine schaute, wußte nachher keiner mehr. Jedenfalls schrie sie: »Du meinst doch nicht etwa mich?«

»Ja, dich und alle diese Jet-set-Kommunistenziegen.«

Da rannte Gesine aus dem Zimmer und schlug hinter sich die Schlafzimmertüre zu. Zeit für Tränen.

Rudi schaute keineswegs betreten.

»Einmal muß das auf den Tisch. Modekommunismus, verfluchter.«

Schäbel wußte nicht, wie er sich verhalten sollte. Rudi war sein bester Freund, und deswegen konnte er ihm sagen: »Geh doch mal rein!«

Rudi wollte erst nicht, dann schüttete er sich noch ein Glas in den Hals und ging hinterher.

Man vergaß die beiden, und als Schäbel nach vielleicht einer Stunde nachschauen ging, lagen sie in seliger Umschlingung nackt im Bett. Sie waren wohl eingeschlafen, jedenfalls reagierten sie nicht auf ihn, und Schäbel zog die Türe leise wieder zu.

Er hätte heute nicht mehr sagen können, was er damals dachte oder empfand.

Er hatte an diesem Abend versucht, nicht daran zu denken, hatte auffallend oft gelacht und hier mit dem und da mit der angestoßen: »Komm, jeder Tag ist ein Tag und kommt nur einmal vor.«

Rudis Frau war an diesem Abend nicht dabei.

Wenn einer gehen wollte, hielt Bernie ihn zurück, und so kam es, daß morgens gegen acht drei Leute auf dem Boden schliefen und Schäbel mit Werner, einem Kameraden, in der Küche stand und sie sich einen Kaffee machten, als Rudi hereinkam.

»Na?« sagte Schäbel. Er war so vernebelt, daß ihm der Kopf schmerzte. Was er damit meinte, hätte er damals nicht sagen können und heute auch nicht, doch erinnerte er sich jetzt an diesen Augenblick, als wäre es gestern passiert.

»Ich weiß gar nicht, was war«, hatte Rudi gesagt, was Schäbel ihm nicht glaubte.

Da kam Gesine herein und umarmte Rudi. Er hatte jetzt eine Unterhose an, sie einen Schlüpfer, oben nichts.

»Ich geh' eben ins Bad.«

Rudi fragte Schäbel: »Bist du sauer?«

»Ach komm, was soll's!« versuchte Schäbel mit einem vernünftigen Lachen zu sagen und legte die Hand auf Rudis Schulter.

»Ich weiß auch nicht, wie das alles kam. Ich war wohl besoffen.«

»Kaffee?«

»Ja.«

Gesine kam aus dem Bad und sagte: »Mir auch einen«, da mußten sie aber erst einen aufgießen, und sie trank inzwischen Rudis Kaffee, den er ihr auch überließ, wobei er wohl eine Art Zuneigung oder wenigstens Wohlwollen ihr gegenüber spielte, so eine Art anständiges Verhalten nach dem Beischlaf.

Sie saßen dann noch eine Weile in dem Chaos der letzten Nacht herum, und Bernie hielt Werner zurück, als dieser immer wieder gehen wollte.

Rudi holte sich aus der Küche etwas zu essen, ließ es dann aber stehen. Gesine drängte sich dicht an ihn. Sie hatte ein Hemdchen übergezogen. Rudi saß noch in der Unterhose da, und Bernie ging für eine Minute auf den Balkon, Luft schnappen, und ließ auf dem Rückweg die Balkontür offen.

»Aaah, frische Luft.«

War es ihm gelungen, so zu tun, als wäre alles o.k.? Er wüßte auch das heute nicht mehr.

Rudi zog sich dann an und sagte: »Ich muß jetzt los.«

Da warf auch Gesine sich schnell in Schale, puderte sich, kämmte die Haare und schob sie mit einem Kamm schnell nach oben. »Ich komm' mit«, sagte sie. »Ich muß sowieso auf die Uni.« Was für ein Quatsch.

Ob Rudi wollte, daß sie mitkam? Er mußte doch nach Haus zu seiner Frau.

Jedenfalls begleitete Gesine ihn, und Bernie blieb zurück und bat Werner, auch zu bleiben, und dieser Tag war ihm im Gedächtnis als ein leerer Fleck auf der Landkarte seiner letzten Jahre.

»Was haben Sie denn so für Käse?« fragte Schäbel, als die Wirtin ihm ein neues Bier brachte.

Die Wirtin zählte ein paar Sorten auf, doch Schäbel hörte nicht recht zu, etwas klemmte ihm im Magen, als er an damals dachte. Damals klemmte ihm auch etwas verflucht im Magen. »Was nehme ich denn?«

»Nehmen Sie Emmentaler, er ist erstklassig.«

Sie hatte recht. Noch nie hatten ihm Bier und Emmentaler so geschmeckt wie gerade eben. Er hatte den Käse wohl auch noch nie so bewußt gegessen. Emmentaler war nicht sein Geschmack gewesen, das war etwas für deutsche Spießer gewesen. »Na also, Schäbel. Muß doch nicht immer französisch sein.« Und er stellte fest, daß die Drehung, die er seinem Leben geben wollte, sich schon ganz gut anließ. Ein verteufelt gutes Gefühl kam in ihm auf.

Der Wirt schaute ihn genauer an.

Schäbel nahm die schnelle und wache Augenbewegung des Wirtes wahr und erhöhte den IQ des Mannes auf 150 auf der Schäbelschen Skala.

Es war Schäbels Professor gewesen, der ihn auf die Spur gebracht und zu seinem epochalen Neuansatz in der Intelligenzmessung veranlaßt hatte.

»Den Intelligenzquotient durch bestimmte Testaufgaben und Fragebögen zu ermitteln«, hatte der Professor gesagt, »ist doch der reinste Unsinn. Gehen Sie mal in den Supermarkt an die Kasse, Schäbel, *da* können Sie die Intelligenz messen. Mitten im Leben, Schäbel. Man sollte jeden, der zu bewerten ist, einkaufen schicken und dabei beobachten.«

Schäbel nahm sich die Worte seines Professors zu Herzen und ging fortan mit wachen Augen durch den Supermarkt, wenn er einkaufen war. Schon bald fand er heraus, daß sich die Menschen in etwa vier Klassen einordnen lassen, was die Intelligenz angeht.

Erstens in jene, die, wenn an der Kasse der Endbetrag aufscheint, das Geld in etwa abgezählt bereithalten. Menschen dieser Kategorie sind ungewöhnlich selten. Sie treten nur vereinzelt auf und sind der allerhöchsten für den Menschen erreichbaren Einstufung zuzuordnen. Sie zu sehen, erweckt im wachen Beobachter ein unglaubliches Entzücken. Allerdings sind sie nur durch Vertreter dieser Gruppe selbst zu erkennen, denn Angehörige anderer Intelligenzgruppen nehmen die Unterschiede zwischen den verschiedenen IQ-Klassen nicht einmal wahr. Um diese zu erkennen, bedarf es nämlich einer ungewöhnlichen Intelligenz.

Zweitens jene, die wohl der Kasse zuschauen, wie sie da registriert. Dann aber erst anfangen das Geld zu suchen. Währenddessen sitzt die Verkäuferin verträumt mit den Händen im Schoß da und wartet, bis der Kunde das Geld findet; sie kennt das.

Drittens jene, die warten, bis der Betrag ausgetippt wird, dann weiter warten, bis die Kassiererin ihn wiederholt, dann fragen, wieviel? Und endlich den Geldbeutel suchen. Sie finden ihn nach längerer Zeit und fangen dann umständlich an, das passende Kleingeld zusammenzukramen.

Viertens die Scheckzahler. Sie warten, bis der Betrag erscheint. Dann fragen Sie: »Kann ich mit Scheck zahlen? Ich habe auch die Goldene Kreditkarte.« Die Verkäuferin geht den Geschäftsführer fragen, der ist nicht zu finden. Wenn er kommt, sucht die Kundin (es sind fast immer Kundinnen) das Scheckheft, leert dabei den Inhalt ihrer Hermès-Tasche auf das Förderband neben der Kasse und räumt, nachdem sie die Karte gefunden hat, erst einmal alles wieder seelenruhig ein. Die Schlange an der Kasse wird unterdessen immer länger. Etliche Kunden wandern ab, sofern es eine andere Kasse gibt. Gewitztere Zeitgenossen pfeifen auf ihre

Besorgungen, lassen den Einkaufswagen stehen und gehen nach Hause. Indes sucht die Dame einen Kugelschreiber, bis jemand einen hinten im Büro holt. Der aber nicht schreibt. Ein Kunde aus der Schlange reicht einen herüber, die Dame lächelt, um Verständnis heischend, in die Schlange und lispelt: »Tut mir leid.«

Dann füllt sie den Scheck aus, aber zuvor trägt sie erst einmal die Nummer in das Scheckregister ein, wobei sie noch einmal dicht an die Kasse geht, um den Betrag abzulesen. Da sie keine Brille dabei hat, bittet sie die Verkäuferin, doch den Betrag noch einmal zu nennen. Freilich versteht sie's nicht gleich und fragt noch einmal: »Wieviel war es noch genau?«

Dann füllt sie den Scheck aus.

Das alles kann sich noch etwas in die Länge ziehen, denn es gibt die absurdesten Unvorhergesehenheiten. Sie alle drücken den Quotienten auf der Schäbelschen Skala weiter und weiter nach unten – Schäbel hat für solche Fälle sogar eine Minusskala entwickelt.

Die Dame mit dem Scheck, meist Gattin eines Abteilungsleiters in einer Autofabrik, kann bis auf Minus elf sinken. Je nachdem, wie lange sie schon über ein Bankkonto verfügt, denn mit der Zeit erwirbt sie eine gewisse Routine, dann aber zahlt sie nicht mehr mit Scheck. Sondern bar und rückt in die Gruppe drei auf. Was die Intelligenz angeht.

Schäbel selbst gehörte zur Kategorie drei, bevor er seine Studie begann. Also zu jenen, die stundenlang ihren Geldbeutel suchen. Bei ihm waren es die losen Scheine, die er nie fand, weil die Jeans zu eng waren.

Hatte er das Geld endlich, sagte er jedesmal glücklich in die Schlange: »Da ist es ja.«

Manchmal lächelte ihn dann eine mittelalterliche Frau verständnisvoll an oder sagte nach dem Einpacken zu ihm: »Mir geht das genauso. Hab' ich volles Verständnis für.«

An sich hätte sich daraus etwas entwickeln können, er kannte ein paar Typen, die sich in der Wäscherei mit Absicht bescheuert anstellten und sich dann helfen ließen. Einer brachte es im Monat auf zehn bis zwanzig »Abschüsse«.

Doch das war nichts für Schäbel. Er machte sich nichts aus menschlichem Geschlechtsverkehr.

Als Schäbel am nächsten Morgen aufwachte, schien es ihm, es sei gar nicht so falsch gewesen, daß er Hals über Kopf und ohne Sinn in den Zug gestiegen war und dann genauso sinnlos die Notbremse gezogen hatte. Als sei da schon ein Lichtstreifen am Horizont.

Und in der Tat, es hatte aufgehört zu regnen.

Zwar war es noch grau und naß, doch kein Regen.

Beim Waschen fiel ihm beim Geruch der Seife die Wirtin wieder ein. Ein angenehmes Gefühl befiel ihn, er fühlte sich hier nicht so allein. Wenn er an sie dachte, hatte sie ganz und gar das Gesicht der Moreau. Die Figur sowieso. Zu Hause, wenn er gegen zehn oder elf Uhr aufwachte, lag neben ihm die verschwiemelte Gesine. Noch halb im Kiffrausch; meist kam sie erst um neun nach Haus, wenn Rudi zum Arbeiten ging. Er arbeitete in einem Forschungsbüro.

Schäbel roch an seinem T-Shirt – höchste Zeit, es zu wechseln. Wenigstens dieses, das Hemd hielt noch einen Tag für den Notfall. Er ging nach unten. Er war ein Morgenmuffel, wollte nicht angesprochen werden, und die Wirtin schien ihm da zu gleichen: sie war auch nicht in Hochzeitslaune.

Der Ofen war noch warm, und er setzte sich auf die Ofenbank. Das Wirtszimmer roch nach Bier und Rauch.

»Ei, Schinken, Käse, Kaffee oder Tee?«

»Ja. Schinken, Käse. Kaffee schwarz, ohne Milch.«

Als wären sie aufeinander eingespielt, ließen sie sich muffeln.

Die Wirtin spülte Teller, werkelte hinter der Theke herum. Schäbel versuchte, jeden Blickkontakt zu vermeiden; wer weiß, was zwischen den beiden in der letzten Nacht gelaufen war. Vielleicht hatte sie sich mit dem Wirt gestritten. Der Wirt hieß Vogl. Wie sie hieß, wollte Bernie lieber nicht wissen; was bedeutete schon der Name? Im selben Augenblick hätte er ihren Namen doch gerne erfahren, nannte sie dann aber einfach Jeanne, damit er im Geiste nicht immer ›Wirtin‹ sagen mußte, wenn er an sie dachte. Er hatte ohnehin nicht das Gefühl, daß sie eine echte Wirtin war. Sie spielte hier eine Rolle. Vorübergehend. Danach würde sie weggehen von hier und sich ein Luxusleben einrichten. Vielleicht in Mailand oder Paris – was für eine Frau!!

Schäbel liebte diese Sorte Frauen; er konnte mit Rudis Kommunistenziegen nicht viel anfangen.

So sah er die Welt nach dem Frühstück.

Gesine war an diesem Tag nach der Nacht mit Rudi erst gegen Abend zurückgekommen: »Wir fahren ein paar Tage aufs Land«, hatte sie gesagt. »Ich nehm dann deine Tasche.«

Packte etwas Kleidung in seine Reisetasche, an der er etwas hing. Sentimentalität, er hatte sie auf einer Reise in Tanger erstanden, das war eine ungewöhnlich schöne Zeit gewesen.

Als er sagte: »Nimm wenigstens die andere!«, sagte Gesine: »Mann, bist du blöd«, und packte unbeirrt weiter. »Kümmer dich doch mal etwas um Elwa!«

Elwa nannten sie Rudis Frau, er war seit etwa zwei Jahren verheiratet. Eigentlich hieß sie Elfriede. Ein Name, den keiner und am wenigsten sie selbst mochte. Als Kind nannte sie sich Elfi, Rudi nannte sie dann Elfa, bis sie in einem orientalischen Märchen den Namen Elwa entdeckten – dabei blieb es.

»Macht doch was Schönes zusammen!«

»Wer?«

»Du und Elwa. Sie ist allein zu Haus.«

Nach dem Frühstück ging Schäbel noch einmal nach oben, um seinen Parka überzuziehen. Als er wieder herunterkam, blickte ihn die Wirtin an. Sie verzog den Mund, so, wie die Moreau es immer tat, auf diese hintergründige Weise, daß man nicht wußte, was dahintersteckte.

»So irgendwann können Sie sich einmal eintragen.«

Damit brachte sie Schäbel ein wenig in Verwirrung. Nicht nur, daß ihn dieses Beharren auf kleinbürgerlichen Formalitäten etwas enttäuschte, sondern man kannte Schäbel von seinen Parteiaktivitäten her vielleicht hier und da, und von Politik hatte er im Moment die Schnauze voll. Er war im Augenblick auch nicht mehr so überzeugt, ob das alles so richtig gewesen war, wofür er sich engagiert hatte. Sollte ihn jetzt also bloß niemand daraufhin ansprechen oder etwa eine Diskussion vom Zaun brechen. Diskussionen kamen ihm längst so sinnlos vor wie der ewige Regen seit sechs Wochen. Jeder trug stundenlang und ohne Ende seine falsche Meinung vor – falls man ihn ausreden ließ – und wiederholte immer den gleichen Mist. Dann ging jeder noch mehr bestärkt in seinen Wahnvorstellungen nach Hause, und nichts war als Magenflattern, weil man gewartet hatte, auch einmal was sagen zu dürfen. Kam es einmal dazu, hörte keiner zu, weil jeder nur darauf wartete, auch mal was sagen zu dürfen.

Doch sie liebten Bernie ja auch deswegen, weil er sie alle ausreden ließ und scheinbar vor sich hinlächelte, was daher kam, daß er als Hase so aussah. Als würde er lächeln.

Die Straße ging von dem Gasthaus ein wenig bergauf. Das Dorf bestand aus etwa hundert Häusern: deutsche Wohlstandsrenovierungen mit Eternitverkleidungen, grausligen Gardinen an den Fenstern, Drahtzäunen rostfrei, gestrichen. Eine Raiffeisenkasse, ein Supermarkt, ein Friseur, eine Poststelle.

Schäbel steuerte auf den Supermarkt zu und erstand ein T-Shirt und drei Paar Socken. Es gab Slips, diese ekelhaften Dinger mit Patentverschluß, doch er kaufte auch davon drei. »Im Sonderangebot drei für fünf Mark, Größe zwei bis sechs«, sagte die Verkäuferin, eine dickliche Person mit einem hellblauen Kittel und toupierten Haaren, die ihn sehr neugierig betrachtete.

»Haben Sie Kaugummi?«

»Ja, gleich hier neben der Kasse.«

»Rei in der Tube?«

»Bei den Waschmitteln.«

Es graute Schäbel vor diesen Schießer-Unterhosen mit Patentverschluß; seine Boxer hatten einen einfachen Schlitz mit einem Knopf, das schien ihm das einzig Senkrechte zu sein.

»Boxer haben Sie keine?«

»Was meinen Sie mit Boxern?«

»Schon gut, war nur eine Frage.«

»Die Socken auch?«

»Ja.«

Diese Unterhosen brauchte er nur so lange anzuziehen, wie die Boxer zum Trocknen brauchten, und da er hier wohl von niemandem in Unterwäsche gesehen wurde, war's letztlich nicht weiter schlimm, außer, daß diese Ekelhosen ihn sicher irgendwo zwicken würden. Aber am Ende, für diese paar Tage, *was soll's*!!

Anschließend ging Schäbel zur Raiffeisenkasse.

»Kann ich ein Zwischenkonto eröffnen, ich erwarte eine Überweisung?«

»Dann eröffnen wir doch ein Girokonto und löschen es, wenn Sie es nicht mehr brauchen. Haben Sie einen Ausweis?«

Hatte er.

»Schäbel? Sind Sie der Herr Schäbel von…?«

»Jaaa…«

Er antwortete etwas ungehalten, obwohl es ihm doch auch wieder schmeichelte, daß man ihn kannte.

»Selbstverständlich. Können Sie einen kleinen Betrag einzahlen, zehn Mark vielleicht, damit das Konto aktiv werden kann?«

»Ok.«

Schäbel ließ sich Kontonummer und Bankleitzahl geben und ging dann eine Telefonzelle suchen. Von dort aus rief er seine Mutter an. Er, Bernie, sei hier unterwegs und ihm sei ein kleines Malheur passiert…

»Mein Gott, Bernhard, doch nichts Schlimmes?«

»Nein, nein. Ich bin unterwegs, bin hier in einem herrlichen Gasthaus und möchte ein paar Tage ausspannen, Mutter. Ich hab' bloß vergessen, Geld einzustekken… du bekommst es wieder.«

»Aber Bernie! Das ist doch kein Problem. Aber Vater ist übrigens im Krankenhaus, es geht ihm nicht gut. Wieviel brauchst du denn? Und wohin soll ich's schikken?«

Er gab ihr Bankleitzahl und Kontonummer durch und nannte mal so einen Tausender. Sie schickte ohnehin meist das doppelte, weil sie seine Bescheidenheit schätzte.

»Aber *dir* geht es ganz bestimmt gut? Sag mir die Wahrheit, Junge!«

»Jaaa, Mutter…«

»Was ist mit Gesine?«

»Auch gut...«

»Bernie, nananana, ich weiß nicht... die Mädels sind heutzutage nicht mehr das, was wir früher waren...«

»Mutter, die Leute klopfen schon draußen an die Zelle, ich muß aufhören...«

Dabei klopfte Schäbel laut an die Wand der Telefonzelle.

Das war dann also geregelt.

Gesine hatte damals, als sie nach der einen Woche auf dem Land zurückkam, gesagt, sie habe sich ganz plötzlich in Rudi verliebt, sie hätte zuvor nie etwas davon gemerkt.

»Warum mit einemmal?«

»Weil er der einzige war, der mir je die Wahrheit sagte.«

»Daß du eine Ziege bist?«

»Ja. Wer ist denn heutzutage noch ehrlich?«

»Das hätte ich dir auch sagen können.«

»Aber du *hast* es nicht. Weil du ein feiger Arsch bist. Rudi ist ein Kämpfer. Ihm ist scheißegal, was jemand über ihn denkt. Und du? Immer freundlich den Softie spielen.«

Na gut, er hatte es verpaßt.

Sie sagte, sie fände es toll, wenn jeder sagen würde, was er denkt. »Dann würde die halbe Menschheit vor Gram krepieren«, hatte Schäbel geantwortet. »Stell dir vor, jeder sagt dir, daß du eine Ziege bist.«

»Du bist der letzte Arsch. Aber echt!«

Von da an ging es nur noch bergab mit Schäbel und Gesine. Solange es ihr nicht gelungen war, Rudis Frau aus dessen Wohnung zu ekeln, brachte sie ihn immer häufiger über Nacht mit in ihre gemeinsame Wohnung. Schäbel sagte sich immer, daß ihm das alles nichts ausmachte, über bürgerliches Besitzdenken war er schließlich wirklich hinaus, und außerdem war jeder frei, das zu tun, wozu er Lust verspürte. Dann lief er aber doch nächtelang durch die Straßen der Stadt, wenn Rudi bei Gesine war, saß in den Kneipen herum, fing auch an zu saufen, was ihm aber nichts brachte. Im Gegenteil. Er ruinierte sich nur den Magen.

Dann versuchte er, sich damit abzufinden, überließ ihnen das Schlafzimmer und richtete sich in einem kleinen Nebenzimmer ein. Er versuchte einfach, sie nicht wahrzunehmen. Kam damit aber nicht zurecht, weil sie ihn andauernd irgendwo hinschickten.

»Kannst du uns mal eine Pizza holen? Bernie, sei ein Guter, ja!«

Auch in der Nacht konnte er nicht schlafen; ständig liefen sie umher. Mal ins Bad, dann in die Küche, dann lachten sie. Einmal warf sich Gesine zu Schäbel ins Bett und heulte, der Rudi sei das letzte Schwein.

Dann wieder weckte sie Schäbel nachts um zwei, er solle doch etwas zu essen besorgen, Rudi sei heute am Ende. Er habe so viel gearbeitet.

Pizza oder bei Jannis griechischen Bauernsalat.

»Und bring eine Flasche Retsina mit!«

Rudi fragte manchmal: »Du bist doch nicht sauer, Schäbel? Wenn ja, mußt du's sagen.«

»Ach was«, hatte Schäbel geantwortet, »was soll's! Keiner ist der Eigentümer eines anderen. Oder?«

»Klar«, hatte Rudi geantwortet. »Kümmer dich doch mal etwas um Elwa!«

Später, als sie Elwa aus Rudis Wohnung raushatten, zog Gesine zu ihm und holte sich nach und nach ihre Klamotten. Zum Waschen kam sie freilich immer noch zu Schäbel in die Wohnung und brachte Rudis Wäsche mit, weil Rudi keine Waschmaschine hatte. Wenn Gesine einmal mit jemand anderem schlafen wollte – sie hatte mit Rudi eine ›offene‹ Beziehung –, dann kam sie mit ihm in ihre alte Wohnung, wobei sie es aber einzurichten versuchte, dann zu kommen, wenn Schäbel nicht zu Hause war. Das gelang ihr nie. Zumindest, wenn er nach Hause kam, waren sie noch da. War er aber da, wenn sie ankamen, sagte sie: »Schäbel, das ist Walter. Brauchst du noch lange, Schäbel?«

»Nein, nein, ist ja ok.«

Wenn er heute versuchte, sich das Gefühl vorzustellen, das er damals hatte, hätte er es nicht beschreiben können. Es spielte sich wohl hauptsächlich in seinem Magen ab.

Als Schäbel, nachdem er seine Besorgungen im Dorf erledigt hatte, wieder in die Wirtsstube kam, stand die Wirtin hinter der Theke mit den Händen im Wasser und spülte. Gläser oder was. Sie schaute ihn mit ihrem Moreaublick an und sagte: »Sie können sich da eintragen«, und zeigte mit dem Kopf auf einen grünen Block, den sie offensichtlich schon zurechtgelegt hatte.

»Dann muß sie ja wohl an mich gedacht haben, während ich weg war«, schoß es Bernie blitzschnell durch den Kopf. »Und wohl auch schon länger auf meine Rückkehr gewartet haben, sonst hätte der Block nicht schon bereitgelegen.«

Aber gleichzeitig durchzuckte es seinen empfindlichen Magen, denn was war, wenn er ›Bernhard Schäbel‹ eintrug und sie ihn von der Partei her kannte, selbst aber andere politische Auffassungen hatte?

Konnte ja sein. Wie Rosa Luxemburg sah sie nicht aus.

Doch warum sollte ihn das stören? Er war schließlich nicht in sie verliebt. Andererseits würde es ihn doch stören, weil sich dann ihr himmlisch-höllisches Moreau-Lächeln oder auch der Moreau-Grimm oder was immer es war, in Moreausche Verachtung verwandeln konnten. Das hätte er nicht ertragen wollen. »Was soll ich denn da schreiben?«

»Na, schreiben Sie doch John Wayne!«

Ob sie das als Scherz meinte, wußte sie in diesem Augenblick auch nicht.

Schäbel war gar nichts bewußt. Als er ›John Wayne‹ eintrug, handelte ein anderer.

Sie sagte weiter, und wieder erschien dieses süffisante Lächeln, als seien sie hier beide dabei, eine fröhliche Teufelei zu begehen: »Wohnort!«

Er schrieb einfach ›Boston‹.

»Das reicht?«

»Klar«, sagte sie und sah ihm nach, als er nach oben ging.

Schäbel wackelten die Bilder vor den Augen, als er aus der Tür ging; er hätte nicht sagen können, wie ihm da geschah. Wieso hatte sie ›John Wayne‹ gesagt? Sie konnte nicht wissen, daß er schon als Junge, immer, wenn er Wayne auf der Leinwand sah, meinte, er selber, Schäbel, sei es, der die Ordnung oder Unordnung im Wilden Westen in Unordnung oder in Ordnung brachte. Und schlug immer voll drauf ein. Im Film.

Wow!

Wenn er dann aus dem Kino ging, war er ein ganz anderer. Das hielt sich manchmal über eine Woche, dann mußte er wieder seinen Film haben. Und wenn kein Wayne-Film in der Umgebung zu sehen war, fuhr er auch schon mal eine beachtliche Entfernung mit der Bahn. Das hatte sich während seiner Studienzeit nicht geändert. Manchmal verließ er sogar eine Parteiversammlung früher, um eine Nachtvorstellung nicht zu versäumen.

Sie Jeanne Moreau, und er Wayne.

Eine Weile fand er das Schlüsselloch nicht, als er sein Zimmer aufschließen wollte, so wackelte ihm die Welt vor den Augen. Dann fand er es doch, natürlich. Das Leben mußte weitergehen.

Er stellte sich ans Fenster und schaute lange durch die Gardine hinaus. Als er sich umdrehte und im Zimmer herumging, wußte er nicht, was er gedacht hatte, während er da am Fenster gestanden hatte. Als sei er eben geboren worden, als sähe er die Welt zum ersten Mal.

»Was ist, wenn's *das* ist, was du finden mußtest, Schäbel?« Dieser Satz fiel ihm so ein, als habe er ihn nicht selbst gedacht. Als habe ihn jemand zu dieser Erkenntnis gezwungen. An Magie und Eingebungen glaubte Schäbel nicht. Doch an ein Schicksal glaubte er. Wenn ihm diese Frau nun begegnet war, um ihn zu sich selbst zu führen?

Wenn er wie betäubt und wie im Wahn in den Zug hatte steigen müssen? Und die Notbremse hatte ziehen *müssen?*

Sich hinzusetzen, hatte er keine Lust. Sich aufs Bett zu legen schon gar nicht. Hinuntergehen, das war ihm zu heiß, denn was da eben geschehen war, lag noch wie eine heiße Kartoffel in seiner Seele.

»Warum hat sie mich John Wayne genannt?«

Er blieb stehen. Schaute dann in den blinden Spiegel an der Schranktür, versuchte eine klare Stelle zu finden, um dort sein Gesicht einzupassen, dann doch lieber nicht das Gesicht, sondern die Figur. Er streckte sich, stellte sich seitwärts, korrigierte die Haltung und ging auf sein Spiegelbild zu. Wieder zurück und wieder vor, und bei jedem Schritt erkannte er mehr und mehr, daß es Wayne war, Wayne, der da auf ihn zukam. Dann wieder rückwärts ging.

»Und wenn sie recht hat? Was wäre, wenn sie recht hat? Schäbel!« Wenn er jetzt sein Bewußtsein in die Muskeln lenkte und nachfühlte, was da an Kraft war, merkte er, daß er zuvor nie so recht darauf geachtet hatte.

Schäbel kratzte sich auf der Brust, das hatte er einmal bei Wayne beobachtet, es fiel ihm jetzt zufällig ein, und ging dann nach unten.

Schäbel klinkte die Tür zur Gaststube auf, hielt wie Wayne die beiden Daumen in den Gurt gehakt und schaute sich blitzschnell, ohne den Kopf zu drehen, in der Wirtsstube um. Nahm in der nicht sichtbaren Ecke zwei alte Männer und einen jungen Dicken wahr, und schaukelte, wobei er jetzt die Daumen aus dem Gurt nahm und die Hände baumeln ließ, auf einen Tisch an der hinteren Wand zu.

Dabei setzte er sich so, daß er den alten Männern den Rücken zudrehte, denn Wayne sah freilich auch hinten, und da besonders, alles.

Eine verdächtige Bewegung, und *er* war es, der zuerst zog.

Ihm fehlte eine Kopfbedeckung, Wayne sah man selten ohne Hut, und wenn ja, dann hatte er auf der Stirn einen roten Rand vor dem weißen Haaransatz. Und dann die verklebten glatten Haare darüber.

Schäbel überlegte, wie wohl seine Haare waren. Er hatte lange nicht mehr darüber nachgedacht und sie früher sehr oft gewaschen, weil sie so weich waren. Und jetzt?

Er würde später oben im Zimmer nachschauen, hier in der Gaststube mußte nicht jeder wissen, was er dachte. »Ich werde Sie Jeanne nennen!«

Er schreckte auf, als die Wirtin plötzlich hinter seinem Rücken stand und er sie nicht hatte kommen hören.

Die Dielen knarzten doch sonst so laut.

Er hätte sagen wollen: »Ich nenne Sie Jeanne«, doch das fiel ihm erst ein, als sie schon wieder weg war, um ein Bier zu holen und »Leber sauer«, die sie ihm empfohlen hatte.

»Zuvor eine Bandnudelsuppe, ist das recht?«

Er überließ ihr alles.

Während er aß, überlegte er, welche Kopfbedeckung er brauchte, und entschied sich für einen breitrandigen Hut.

»Was ist mit Stiefeln?«

Er liebte Stiefel nicht unbedingt, hatte auch nie welche gehabt, nicht einmal als Kind, denn schon da achtete seine Mutter darauf, daß er nur mit dem bekleidet wurde, was Yves auch getragen hätte. Sie stellte sich dann Yves Montand als Kind vor.

Doch daß er Stiefel nicht liebte, mußte Vergangenheit werden. Ab jetzt war's anders. Ab damit, zum Teufel mit der Vergangenheit. Zum Teufel mit dem alten Schäbel!

»Noch ein Bier, Herr Wayne?«

Trieb sie hier einen Scherz mit ihm?

Er verfolgte den Gedanken nicht weiter, denn er war noch bei den Stiefeln, versuchte, sich zu erinnern, wie Waynes Stiefel denn so aussahen. Und er überlegte, ob er Wayne schon einmal in einem Film mit der Moreau gesehen hatte? Das fiel ihm nicht ein.

»Noch ein Bier, Herr Wayne?«

Erkannte sie ihn wirklich als Wayne? Irgend etwas quietschte in seiner Seele vor Glück.

»Ja.«

»Hell oder dunkel?«

Was sollte die Frage, sie wußte, daß er immer ein Helles trank! Offensichtlich wollte sie nur länger in seiner Nähe sein.

Und als sie einen Bierdeckel von der anderen Seite des Tisches herüberzog und sich dabei über ihn beugte und ihn mit dem Busen berührte, war alles klar für Schäbel. Er schaute Jeanne an wie Wayne, indem er die Augenbrauen ein wenig hochzog, als wollte er sagen: »Na, Mädel, was ist mit dir?«

Ob Wayne wohl rauchte?

Natürlich rauchte Wayne.

Wayne machte alles, was ungesund war.

Ein Wayne säuft, er raucht, er schläft nicht und legt die Frauen nur so nebenbei um, aber dann bebt die Erde. Ob er über die Steppe reitet oder sich eine Frau zur Brust nimmt, bei ihm bebt *immer* die Erde. Und selbst, wenn er im Saloon auf einem Stuhl schaukelt, vibriert die Prärie.

»Haben Sie Zigaretten? Schwarze?«

»Goulloirs, natürlich.«

»'ne Schachtel!«

»Streichhölzer?«

»Yä.«

Sie gab ihm Feuer. Wenn eine einem Feuer gibt, schloß Schäbel kurz, ist alles schon klar.

Ihm wurde kotzübel von der Zigarette, und er versuchte viel Rauch auszustoßen, wobei er sich jetzt andersherum setzte, so, daß er die Gaststube übersehen konnte, weil er mit dem Rücken doch nicht so gut sah, wie er gemeint hatte. Ihm fiel dann ein, daß er einmal gesehen hatte, wie Wayne das Geschehen hinter sich in der Fensterscheibe beobachtet hatte. Doch die Fenster hier waren mit den Vorhängen verdeckt. Und so drehte er sich besser um.

Dann versuchte er weiter, so viel Rauch auszustoßen wie möglich, dabei aber nicht zu inhalieren, denn es drehte sich schon alles in ihm und um ihn. Es reichte, wenn man ihn als starken, hemmungslos leidenschaftlichen Raucher wahrnehmen konnte.

Sah sie ihn?

Wahrscheinlich verehrt sie Gauloise-Raucher, weil sie hart waren, sie hatten ja Millionen Schachteln *überlebt.* Dabei nahm er die Brille ab und steckte sie in die Tasche. Er wollte ab jetzt ohne Brille zurechtkommen. Dabei bemerkte er, daß er ohne Brille genauso sah wie mit ihr. Er holte sie noch einmal aus der Tasche und schaute durch die Gläser, einzeln, indem er sie bewegte, denn daran kann man den Schliff erkennen. Von Schliff kaum eine Spur.

Die Brille war der größte Fehler seines Lebens gewesen, erkannte er jetzt trotz Magendrücken. »Man muß auch die Kraft haben, sich seine Fehler einzugestehen.« Ein Satz aus der Politik. Nur nach außen hin müssen Fehler verteidigt und kaschiert werden, klar. Hätte er die Brille nicht gehabt, hätte man ihn früher schon als John Wayne erkannt. Hatte ihm nicht Gesine zu der Brille geraten?

»Was ist, haben Sie Whisky?«

Das wollte er erst fragen, dachte dann aber, es sei selbstverständlich, und er rief nur, indem er die Zigarette, die er jetzt aus dem Aschenbecher holte, wo sie fast ganz abgebrannt war, mit spitzen Fingern (die er sich dabei verbrannte) noch einmal zum Mund führte, um den letzten Rest Nikotin mit rettungsloser Härte gegen sich selbst herauszusaugen: »Einen Whisky pur.«

Dabei mußte er husten, goß aber schnell einen Schluck Bier hinterher, so ging es wieder.

Er hatte in seinem Leben erst dreimal Whisky getrunken. Einmal, weil Rudi eine Flasche mitgebracht und Gesine gesagt hatte: »Trink einen mit uns, sei kein Frosch, Schäbel!«

Die Wirtin brachte eine Flasche zum Tisch, und als sie einschenkte, streifte sie ihn dabei mit ihrem Arm.

Natürlich streifte sie ihn! Na klar hatte sie ihn gestreift. Und zwar mit ABSICHT. Dachte Schäbel, und in seinem Kopf drehte sich etwas, es konnte aber noch kein Rausch sein.

Schäbel trank noch vier Gläser, dann wurde ihm übel. Er ging auf sein Zimmer und legte sich ins Bett. Angezogen. Wie Wayne.

Ihm war hundeelend. In so einem Zustand kommt dir alles wieder hoch, was die Seele noch braucht, um zu kotzen.

Der letzte Tag mit Gesine, genauer, die letzte Stunde, mehr war es nicht. Schäbel lag noch im Bett. Er schlief, seit er das Stipendium hatte, meist bis elf. Er hatte zwar zugesichert, seine Doktorarbeit zu schreiben, doch was scherte er sich darum. Schließlich versprach jeder jedem alles und pfiff dann drauf! *Also, was soll's!*

Er trödelte immer so bis Mittag herum, ging dann essen. Je nach Finanzlage französisch, bei knapper Kasse italienisch, ansonsten schon mal in Jannis' Kneipe, dort mußte er nicht bezahlen, Jannis war ein echter Kommunist und nahm von Freunden nicht immer Geld.

Hatte er kein Geld, aß er Baguette, das erinnerte ihn wenigstens an seine Lebensart. Mit Käse oder Schinken und drei Gläsern Wein. Der mußte dann aber gut sein.

An jenem Tag also kam Gesine gegen halb elf, sie hatte bei Rudi genächtigt, weil dessen Frau zu ihren Eltern gefahren war. Das erfuhr Bernie später, nicht jetzt, als sie hereinkam, um ihre restlichen Sachen zusammenzupacken. Darunter verstand sie, das Zeug aus dem Schrank zu zerren und in eine Tasche zu werfen. Was sonst noch alles mit aus dem Schrank gefallen war, ließ sie kurzerhand liegen.

Er schlief in dem kleinen Zimmer, weil ihm das Bett im Schlafzimmer nicht behagte. Er fand, daß es stank, seit Gesine mit Rudi schlief. Hasen haben einen verteufelt empfindlichen Geruchssinn, sonst könnten sie Klee von Gras nicht unterscheiden. Von draußen rief Gesine durch die Tür zu ihm herein: »Ich geh dann jetzt. Hast du noch was?«

»Was meinst du mit ›haben‹?«

»Na, zu sagen.«

»Ja. Kommst du noch mal wieder?«

»Eigentlich nicht mehr, wenn nichts Besonderes vorliegt.«

»Wollen wir noch zusammen frühstücken?«

»Heut?«

»Ja. Jetzt.«

»Keine Zeit. Na gut. Aber beeil dich.«

Schäbel wusch sich nur dürftig, nahm sein Deo, spülte sich den Mund aus. Währenddessen setzte Gesine sich auf den Balkon, zündete eine Zigarette an und schaukelte mit den Beinen. Sie war ungeduldig, denn sie fand schon immer, daß Schäbel sich zu langsam bewegte. Dabei war es nichts anderes als das Verhalten eines Hasen: sich hinsetzen und mümmeln. Aber wenn Gefahr droht, wie der Blitz handeln und weg sein. Bisher schien Schäbel noch nie das Gefühl gehabt zu haben, daß Gefahr drohte.

»Mach doch etwas schneller, Schäbel!«

Er machte einen schnellen Kaffee und schmierte sich ein kleines Stück Brot. Gesine nahm nur den Kaffee, und er setzte sich zu ihr in die Tür auf den Balkon. Sie wohnten im Erdgeschoß, saßen also praktisch im Garten. Doch das nahmen sie im Augenblick nicht so wahr.

»Ist es ganz aus?«

»Was meinst du damit?«

»Zwischen uns.«

»Was heißt ›ganz aus‹, was soll das heißen? Ich ziehe zu Rudi, zwischen dir und mir ändert sich nichts. Wir hatten doch sowieso nie etwas miteinander. Oder siehst du das anders?«

Er wollte erst ›ja‹ sagen, sagte dann aber: »Ich meine, wozu haben wir denn geheiratet?«

»Das weißt du doch. Damit du mehr Knete von Vater Staat bekommst und mein Alter uns eine Wohnung stiftet. Das war doch nicht schlecht, oder?«

»Ja, das war nicht schlecht.«

Er nickte und versuchte dümmlich zu grinsen, nahm sich dann eine Zigarette aus ihrer Schachtel und zündete sie an. Schon beim ersten Zug wurde es ihm übel, er zerdrückte sie wieder.

»Die Möbel, die mir gehören, lasse ich gelegentlich abholen.« Fast alle Möbel gehörten ihr, wenn man das so sah.

»Und was soll *ich* jetzt machen?«

»Du gehst in eine Selbstfindungsgruppe oder in eine Therapie, vielleicht zahlt das deine Kasse, bist du nicht bei deiner Mutter zusatzversichert?

Schäbel – merkst du denn nicht, was mit dir los ist? *Du bist kein Kämpfer.* Rudi ist ein Kämpfer. Du bist verklemmt. Bist du eigentlich katholisch?«

»Nein.«

»Dann bist du so geboren.«

»Willst du dich scheiden lassen?«

»Ach was, Scheidung. Warte doch erst mal ab, wie das weitergeht. Ich muß das hier jetzt ausleben, und dann reden wir noch mal. Schäbel, geh los und finde dich selbst. Rudi braucht das nicht. Du bist doch nur eine Attrappe. Ist ja nicht schlimm, wir sind alle nur Attrappen. Gräm dich doch nicht deswegen, Schäbel, mach das lieber.«

»Was soll ich machen?«

»Deine Identität finden. Brauchst du deine Tasche?«

»Ja, die brauche ich.«

Er traute sich zum ersten Mal, seit er sich erinnerte, gegen sie anzugehen. Noch gestern hätte er auf seine

Tasche verzichtet. Sie packte ihre restlichen Habseligkeiten also in seine Tasche, bis er etwas unwirscher, als es seiner weichen Hasenart entsprach, sagte: »Laß die Tasche da, ich brauche sie!«

»Ich bring' sie nachher zurück«, antwortete Gesine und verschwand.

Die Tür knallte zu, und Schäbel lief zum Fenster, das auf die Straße hinausging, und versuchte, sich das Bild einzuprägen, wie sie – es regnete – in Rudis Auto stieg.

Solche Abschiede für immer sind wie der Tod eines Lebensabschnittes – für immer weg. Ob es danach besser wird oder nicht, weiß man erst sieben Jahre später. Schlechter konnte es nicht werden, das war ein Gedanke, den er zu packen versuchte. Doch würgte ihn etwas im Hals. Er konnte nicht feststellen, ob er Gesine je geliebt hatte, beschloß dann, die Frage mit Nein zu beantworten. Blieb dann zu Haus, haute sich auf seine Liege und hätte jetzt hier, in diesem Gasthof in Zimmer Nummer drei, nicht mehr sagen können, wie die Zeit danach verlaufen war.

Irgendwann – es mag drei Tage oder auch sechs nach Gesines Abschied gewesen sein – hatte er alles stehen- und liegenlassen. Es regnete ohnehin ohne Pause, und so stand er an jenem Tag gegen acht Uhr auf, ließ ein Taxi kommen und stieg ohne Fahrschein in irgendeinen Zug, der da irgendwo stand.

Es hätte auch passieren können, daß er nie mehr Lust hätte, aussteigen zu wollen, und in Paris oder Amsterdam oder wo auch immer oder in einer Bahnpolizeistation gelandet wäre.

Was soll's!

Bis er dann wie in Trance die Notbremse zog und über den Acker sprang.

Als Schäbel am nächsten Morgen so gegen sechs Uhr aufwachte, war ihm hundeelend, und er verfluchte den Tag, da er geboren wurde. Und schlief gleich darauf wieder ein, und als er schließlich gegen zehn wieder aufwachte, ging es ihm besser.

Es hatte geklopft.

»Geht es Ihnen nicht gut, Herr Wayne?«

Die Wirtin schaute zur Tür herein, und Schäbel fiel ein, daß er wohl doch Wayne war – so oder so oder wie auch immer –, und Wayne war auch von einem Faß voll Whisky nicht umzubringen, und er versuchte, die Wirtin mit schmalen Augen cool zu übersehen.

»Alles ok.«

Er quetschte seine Stimme, damit sie versoffen klang. Von innen hörte es sich so an, als ob es ihm gelang.

»Dann bringe ich Ihnen ein Frühstück. In Ordnung?«

Schäbel wusch sich ein wenig und überlegte, ob Wayne wohl eher stank oder wonach er roch. Und ob er überhaupt noch lebte. Oder schon tot war. Der andere Wayne. Und ihm war immer mehr, als sei er, Bernie Schäbel, der wahre Wayne. Und der andere *spiele* ihn nur. Genau das war's! Schließlich war der andere Wayne nur ein Schauspieler, dazu da, andere darzustellen. Wahrscheinlich roch der Filmwayne nach Pferd, Whisky und dem Weib der letzten Nacht.

Rudi dagegen?

Rudi stank.

Schäbel legte sich wieder ins Bett, stand aber sofort auf, denn Wayne empfing keine Frau von Jeannes Format in Unterhosen, und schon gar nicht in Unterhosen mit Patentverschluß. Zog schnell die Jeans über, blieb aber barfuß, prüfte die Beweglichkeit seiner Zehen und befand sie geschmeidig genug, um sie Jeanne zu zeigen.

Die Wirtin klopfte, stellte diskret ein Tablett ab, warf einen Blick auf seine Füße – *aha, angebissen,* dachte Schäbel – und fragte: »Noch einen Wunsch, der Herr?«

Er warf einen schnellen Blick über das Tablett und überlegte, ob er mit rauher Stimme: »Ja, Whisky, Mädel«, sagen sollte. Da stach es ihn bei dem Gedanken im Kopf und im Magen, und er sagte: »Nein, danke!«

Sie ging rückwärts und ein wenig gebeugt zur Tür, so daß man ihre schönen Brüste sehen konnte, und schloß sie leise hinter sich. Schäbel stellte das Tablett auf den Tisch und dachte wieder: »Was für eine Riesenfrau!«

Denn da war alles, was ein Gourmet nach so einer dämlichen Saufnacht brauchte. Vom Rauchschinken über den Hering zum starken Kaffee, mit zwei Sorten Brot, Radieschen und Gurke.

»Das ist Kultur«, sagte Schäbel leise zu sich, wippte mit dem Stuhl und machte sich an das Mahl.

Danach stellte er für sich selbst und endgültig fest: »Was war, liegt hinter mir, Ende.«

Später schaute Schäbel aus dem Fenster. Die Straße war leer, es regnete nicht mehr, und irgendwo konnte er die Sonne ahnen.

Er beschloß in die Stadt zu fahren, einkaufen. Morgen würde Mutters Nachschub auf der Bank eintrudeln, und für heute würde das reichen, was er in der Tasche hatte.

Er ging nach unten, wo der Briefträger an der Theke stand und wohl auf eine Unterschrift wartete. Bald darauf ging er wieder, nachdem er Schäbel flüchtig angesehen hatte.

»Wie kommt man von hier in die Stadt?«

Sie hatte schon wieder einen Teller in der Hand, den sie trocknete – für eine solche Frau eine unwürdige Arbeit. Nein, ein Beweis ihrer Größe. Beschloß er. »Die Größe zeigt sich in ihrer Zurücknahme«, schoß ihm durch den Kopf. Ein guter Gedanke, sagte er sich und dachte noch, daß er wohl seine alte Denkkraft wieder erlangt habe und die Krise nun wirklich hinter ihm läge.

Nicht ohne Zutun dieser wunderbaren Frau, Schäbel! Auch dieser Gedanke gefiel ihm, und er richtete sich auf. Den Kopf nicht mehr so nach vorn, der Kopf muß den Himmel tragen. »Mit dem Bus um…« – die Wirtin schaute auf einen Zettel, dann auf die Uhr, die im Gastzimmer tickte, die Schäbel zuvor aber nicht wahrgenommen hatte – »elf Uhr dreißig. Vor einer halben Stunde ist Bernhard in die Stadt gefahren, da hätten Sie leicht mitfahren können.«

Bernhard? Schäbel hatte sie wohl fragend angesehen, denn sie sagte: »Vogl.«

Vogl, der Wirt. Sie sagte *nicht* ›mein Mann‹. Was bedeutete das?

Schäbel ging noch einmal nach oben, holte seinen Parka, sagte ein vertrauliches, aber in dieser Gegend nicht besonders beliebtes »Tschüs«, und ging zur Tür.

Sie hatte mit »Ciao« geantwortet.

Sie waren sich näher gekommen, dabei hatte sie wieder einen Teller in der Hand. Was Schäbel noch als letztes Bild mitnahm, als er aus der Tür ging, und ab da dachte er unterwegs an nichts anderes als an diese große Frau und ihre Brüste.

Die Busfahrt blieb ihm nicht im Gedächtnis.

Als erstes kaufte er eine Sonnenbrille, um nicht als Schäbel, Parteivorsitzender der Junggruppe, erkannt zu werden, das hätte ihm im Moment gar nicht gepaßt. Manche Augenblicke im Leben gab es, da *wollte* er erkannt werden. Als Bernhard Schäbel. Nur nicht jetzt.

Dann einen Deostift und ein paar Artikel zur Männerpflege, wobei er eine rauhe Duftnote suchte, aber nichts fand, was wirklich in etwa nach Prärie und Pferden duftete. Er nahm dann etwas, das entfernt an Leder erinnerte und einen Golfer im Lable hatte. Er schaute nicht nach dem Preis, denn einer seiner liebsten Sätze, den ihm seine Mutter mit ins Leben gegeben hatte, war: »Schau nie auf den Preis, Bernchen, es geht *nur* um Qualität. Und nie etwas kaufen, weil es billig ist. Was billig ist, ist auch nichts wert.«

Die Brille neunzig Mark, in der Parfümerie hundertfünfzig Mark, langsam mußte er anfangen zu rechnen, ob sein Geld ausreichte, bevor Mutters Nachschub eintraf. Bei der Bank zum Beispiel paßte es gut, daß man ihn als Schäbel erkannte. Den Vorsitzenden.

Dann suchte Schäbel einen Westernladen. Wo er ein paar Stiefel erstand. Nichts Ausgefallenes, dafür reichte im Moment das Geld nicht. Zwar rauhes Leder, doch waren sie ihm noch zu neu. Er nahm sich vor, vor der Rückkehr ins Gasthaus erst noch eine Runde durch die Felder zu stapfen. Wenigstens etwas Dreck mußte drankommen. Die wahren Lords zogen auch keine neuen Jacken an, sondern ließen sie erst vom Butler eintragen. Alt war in. Wer trug denn heute noch seine Jeans selbst ein! Sie wurden schon ausgewaschen und ausgefranst hergestellt. GELEBTES LEBEN IST IN, FOLKS. Und nirgendwo erkennst du es so, wie an der abgewetzten Kleidung, den alten Klamotten, den antiken Möbeln. Den Altbauwohnungen. Schicksale. *Das* war es: der Mensch brauchte wieder ein Schicksal.

Natürlich drückten die Stiefel. Das war er nicht gewöhnt, doch er nahm es hin. Das Leben *mußte* hart sein, nur ein hartes Leben machte den Mann, klar?

Schäbel nickte, während er vor einem Schaufenster stand und sein Spiegelbild betrachtete, mit dem Kopf. Ihm war im Moment alles klar, was nur klar sein konnte. Welch ein Sprung nach vorn in welch kurzer Zeit. Wenn er eine Woche zurückdachte, konnte er's nicht glauben, und er kickte mit dem neuen Stiefel einen Stein auf die Straße. Einem Auto in die Seitentür. Er zuckte zusammen und drehte sich schnell ab. Der Autofahrer hielt wütend an, stieg aus, schaute die Tür an und blickte sich um. Hielt die anderen Autos auf und fuhr dann voller Wut weiter; die Tür hatte natürlich einen kleinen Kratzer.

Die Männer waren mit ihren Autos heikler als mit ihren Frauen. Frauen waren da etwas anders, sie nahmen so eine Beule gelassener.

Jeans brauchte er – Gott sei gedankt – nicht, seine waren von erstklassiger Qualität, er war froh, daß sie abgewetzt waren und er beim Kauf nicht gespart hatte.

Dann ein billigaussehendes teures Hemd, eine Weste, ein schmales Halstuch, das er noch im Laden schräg um den Hals knotete.

Schäbel fühlte sich damit nicht recht wohl. Er war, als er anfing zu studieren, ja an Künstlerschals gewöhnt, oben ins Hemd gesteckte lange, schmale Schals mit Rauten- oder Kaschmirmuster. Sechs solcher Schals hatte er damals gehabt, bevor er in die Szene geriet und sie ablegte. Sie lagen zu Haus bei seiner Mutter; sie hütete sie, als seien sie von Yves Montand persönlich.

Unterwegs prüfte er immer wieder in einem Schaufenster verstohlen, ob das Halstuch noch schräg saß. Es muß natürlich verrutscht und nicht geschoben aussehen, wie bei Wayne.

Beim Hut hatte er seine Schwierigkeiten.

Mit einem Western-Hut würde er hier zu sehr auffallen. Und Wayne war einer, der lieber unerkannt blieb. Natürlich nur so lange, bis er erkannt werden *wollte*.

Schäbel erstand also eine Rangermütze, die er auch in der Hosentasche unterbringen konnte, wenn er partout *ganz* unauffällig bleiben wollte. Er knitterte sie eine

Weile, während er ging, in den Händen herum, riß und zerrte auch schon mal am Schild. Knickte es ein wenig und schob sie dann auf den Kopf.

Und immer wieder den unauffälligen Blick ins Schaufenster.

Es blieben ihm noch fünfzig Mark, und es war etwa fünf Uhr nachmittags.

Französisch essen gehen?

Er sah ein Bistro, ging hinein, wobei er mit schweren Schritten unauffällig zur Bar trat und in dem Spiegel hinter dem Tresen beobachtete, ob man ihn beobachtete. Er fing an, über Spiegel zu sinnieren. Er hatte einmal irgendwo gelesen, wer den Zustand erreiche, der zwischen zwei Spiegeln bestehe, die sich einander mit der Vorderseite dicht gegenüberbefänden, habe die letzte Weisheit erlangt.

Oder so ähnlich. Das hatte er damals nicht verstanden, und jetzt begriff er es auch nicht, also bestellte er: »Ein Salade Niçoise, eine Portion Parmaschinken. Sie haben doch frische Baguettes, oder?«

»Selbstverständlich, Monsieur.«

Und trank zwei Glas Bordeaux, blieben noch zehn Mark.

»Na, Schäbel! Und was machst du, wenn deine Mutter dir kein Geld schickt.«

»Gar nicht möglich. Der Alte ist krank, da hat sie die Kasse in der Hand. Na also, was soll's!«

Redete er innerlich mit sich selbst, zahlte und nahm den Bus zurück.

Gegen acht Uhr kam er wieder in dem Wirtshaus an. Er ging auf sein Zimmer und zog sich rasch um; jetzt sah er Wayne noch etwas ähnlicher.

Dann ging er hinunter in die Wirtsstube. Links hinten war ein Tisch frei.

Sich wie Wayne mit dem Rücken zum Feind zu setzen, weil er auch hinten sehen kann, hatte er aufgegeben. Er sah hinten nichts, auch nicht ohne Brille. Setzte sich also so, daß er die Wirtsstube voll im Blick hatte, hinter sich die Wand.

Die Wirtin hatte voll zu tun. Sie wetzte zwischen Schanktisch, Küche und dem Tisch herum, kaum, daß sie ihm einen Blick zuwerfen konnte. Kam dann und legte ihm die handgeschriebene Karte vor.

Wollwürste, Tellerfleisch, Rigatoni – *igitt.* Wayne und Rigatoni! Nicht auszudenken. Sie kam zu ihm schneller, als sie es bei anderen getan hätte, das fiel ihm auf, und er legte es als große Sympathiebekundung aus.

»Haben Sie gewählt?«

»Haben Sie kein Steak? Blutig oder sagen wir medium? Mit einem Glas Whisky vorher über das Fleisch gegossen und grünem Pfeffer und einem guten Glas Rotwein dazu? Und davor einen Salat und einen Aperitif?«

»Ich mach es möglich, Herr Wayne!«

Was für ein Weib!

Was für ein Format!

An seinen Tisch setzte sich ein Mann und fragte, als er schon saß: »Sie gestatten.«

Schäbel nickte nur und sah ihn kurz an, dann stieg er

wieder auf ins Vakuum zwischen den Sternen. *Was für eine Frau!* Neben ihr kam ihm Gesine vor wie eine Wanze, eine Wandlaus; er entschied sich dann für Filzlaus.

Es bereitete ihm tiefes Vergnügen, Gesine so zu erniedrigen. Eine Filzlaus neben einer Göttin.

Zum erstenmal fühlte sich Schäbel, der Hase, von einer Frau unwiderstehlich angezogen; er wußte selbst nicht, wie ihm geschah. Und dabei stand er erst am Anfang seiner Selbstfindung. Eine große Entwicklung zeichnete sich für ihn ab.

Die Wirtin brachte einen Aperitif, den er beseligt hinuntergoß, ohne nach der Marke zu fragen. Er, der doch sonst alles zu ergründen suchte, was Essen oder Trinken betraf, hätte *sie* nach dem Namen des wundersamen Trunkes fragen können, doch *was soll's?* Er ließ es einfach geschehen, wie das Glück über ihn kam.

Der Mann neben ihm bestellte Landjäger und ein Bier. Er hatte eine wirre Haartracht, kurz und ungleich geschnitten. Er mochte um die Vierzig sein, hatte graue Augen und war unrasiert. Seine Kleidung war abgetragen, sah aber nicht nach Armut aus, eher, als würde ihm das nichts bedeuten.

Er betrachtete Schäbel intensiver, als ein kultivierter Mensch es tat. Dann nickte er, als ob er mit sich selbst redete und sagen wollte: »Weiß Bescheid.«

Schäbel nahm dies nicht wahr, es war ihm im Augenblick auch egal. Aus seiner politischen Arbeit war er es gewohnt, angestarrt zu werden. Politik hat ja mit Kultur nichts zu tun. Da wird keine Distanz gewahrt; wenn ja, dann nur aus unüberwindlicher Abneigung und Feindschaft. Ansonsten heißt es in der Politik: Ran an den anderen. Kultur wäre: Distanz wahren.

Bald darauf wurde der Salat gebracht und nicht lange danach das Steak. Der Zeitabstand zwischen zwei Gängen verrät die Qualität eines Restaurants. Ist der Abstand zu groß, ist der Magen bereits mit der Verdauung des vorhergehenden Ganges beschäftigt, und der Gast fühlt ein Unbehagen, gar Magengrimmen. Essen soll aber eine Lust sein.

Hier dagegen war die Pause zwischen den Gängen genau richtig bemessen. Jeanne wußte eben um die Kunst der Bewirtung. Mein Gott, was für eine Frau, dachte Schäbel einmal mehr. In ihm begann es zu fiebern, und es zitterte in seiner Seele auf eine ihm bis da noch nicht bekannte Weise. Wie das Zittern, das den Hasen überkommt, wenn die Brunft beginnt. Den Mann neben sich nahm er gar nicht mehr wahr.

Das Steak war im Kern noch ein wenig blutig, sonst rosa – ›rosé‹ nannte er es sonst.

Er malte sich das Rind aus, das ihm hier sein Leben opferte: stark und vital stürmte es über die Prärie. Die Kraft dieses freien, wilden Tieres holte sich Schäbel aus diesem blutigen Steak.

Das *sie* ihm darbot. Undenkbar, so etwas auch nur in Gedanken mit Gesine zu verbinden.

Während er aß und sein ganzes Wesen bebte, betrachtete ihn der Mann am Tisch genauer und trank sein Bier.

Als Schäbel gegessen hatte, sagte der Mann an seinem Tisch: »Sie heißen Wähn? Wohnen Sie hier?«

»Hm.«

Ein Mensch mit Kultur – dachte Schäbel – müßte jetzt merken, daß ich keine Lust habe, zu reden.

Dann beging er den Fehler, schnell viel Wein zu trinken, weil er meinte, dies würde seine galaktische Stimmung noch weiter steigern. Möglicherweise strebte er die Auflösung an, die Verschmelzung mit dem All. Statt dessen wurde er besoffen.

Vergaß auch noch seinen kosmischen Zustand, den er hier zum ersten Mal in seinem Hasenleben erlebte, und wankte nach oben.

Die Kunst, eine Höhe zu halten, weil man begreift, daß es in diesem Moment höher nicht geht, gehört zu den großen Künsten dieses Lebens. Säufer scheitern daran.

»Ich werde Ihnen, sollten Sie morgen noch hier sein, etwas erzählen, Herr Wähn, das wird Ihre Welt total verändern, Herr Wähn. Sie heißen doch Wähn, oder?«

Sagte der Mann am Tisch, aber das hörte Schäbel nicht mehr. Als er »Schäbel« lallte, verstand der Mann es nicht. Die Tür der Gaststube konnte Schäbel nicht mehr hinter sich schließen, auch seine Zimmertür ließ er offen, und er schlief mitsamt seinen Stiefeln neben dem Bett ein. Wohl ein letztes Zugeständnis an sich selbst als John Wayne: Der wahre Mann schläft auf hartem Boden.

Als er erwachte, meinte er, traumlos geschlafen zu haben. Das erste, was er wahrnahm, war ein Stechen im Kopf. Er schaute im Zimmer herum, um sich zu orientieren, begriff seine Situation allmählich wieder und blieb liegen.

Die Kirchturmuhr schlug, er zählte mit: acht Uhr.

Schäbel stand auf, um ins Bett zu kriechen. Mit den Stiefeln. Ein Mann wie er konnte sich das erlauben.

Draußen das übliche Wetter: bewölkt.

Er stand wieder auf, schaute in den erblindeten Spiegel und erkannte sich wieder als Wayne.

Der Spiegel.

War es dieser Spiegel, der ihn sich selbst erkennen ließ? Der Gedanke schoß ihm durch den Kopf, aber er verfolgte ihn nicht weiter. Er würde ein andermal darauf zurückkommen, nahm er sich vor. Im Moment peinigte ihn noch sein Kopf. »Mit kalten Füßen kannst du nicht richtig denken« – wer hatte das gesagt?

Er nickte sich im Spiegel zu und legte sich wieder ins Bett. Das Stechen im Kopf ließ nach, und ihm fiel ein, irgendwo gelesen zu haben: »Manche müssen erst die ganze Welt umrunden, um sich selbst zu finden.«

Er nicht. Er war gerade mal erst drei Tage unterwegs, und schon hatte er sich selbst gefunden. Ohne eine aufwendige Selbstfindungsgruppe oder Therapie zu brauchen! Er war diesen Weg allein gegangen und hatte das so nebenbei erledigt.

Wow!

Er stand wieder auf, ging zum Spiegel, holte die Rangermütze, setzte sie auf und legte sich dann mit der

Mütze ins Bett. Ein Wohlbehagen überkam ihn, die Kopfschmerzen gingen weg. Fast ganz allein jedenfalls. Denn da war noch Jeanne gewesen. Jeanne!

Der Gedanke an sie erfüllte ihn mit einer eigentümlichen Kraft: der Kraft des Siegers. Ohne diese Frau wäre er immer noch der schäbige Schäbel von einst.

Dachte Schäbel und schlief unter seiner Mütze selig wieder ein.

Später am Tag ging Schäbel zur Bank.

Mutters Geld war angekommen.

»Zweitausend, Herr Schäbel, und Ihre Mutter hat angerufen, Sie sollen sich doch bitte unbedingt bei ihr melden. Sie wollte wissen, ob es Ihnen wirklich gut geht und ob Sie mit dem Geld auskommen.«

»Ja ja.«

Er faltete das Geld zusammen und schob es unter den Parka in die Jeans, wie immer.

»Wir halten Ihr Konto dann erst einmal. Sie müßten aber mindestens fünf Mark darauf stehenlassen, ist das in Ordnung? Vielleicht brauchen Sie es noch einmal, bleiben Sie länger hier? Dann kann Ihre Mutter ja noch einmal etwas überweisen, Herr Schibel.«

Der dämliche Angestellte hatte tatsächlich »Schibel« gesagt. Dann nach einem schnellen Blick auf die Kontokarte ein »Schäbel« nachgeschoben. »Verzeihung.«

»Weiß nicht«, sagte Schäbel, holte aber doch fünf Mark aus der Gesäßtasche und zahlte sie ein.

Na, wenigstens war dieses Problem vom Tisch.

Die Mutter würde er morgen anrufen.

Anschließend ging Schäbel quer über die Felder, um sich über einiges klarzuwerden. Er meinte, in einem »kleinen Konflikt mit sich selbst« zu stecken, den es zu beseitigen galt. Jedenfalls hatte er noch ein Unbehagen in sich, und das schien ihm gar nicht zu seinem Erfolg mit sich selbst zu passen. Schließlich wurde die Selbstfindung als ein Vorgang geschildert, welcher »den Menschen voll und ganz packt, wie ein hehres Licht in den Kosmos entführt, mit nichts vergleichbar. Der dann auch anhält.«

Hatte er irgendwo einmal gelesen.

In Wahrheit kam das Unbehagen aus dem Magen, denn er hatte beim Frühstück zu viel Kaffee getrunken. Kaffee mindert das Wohlbefinden. Erhöht es erst, dann sinkt es stark ab. Auch das zu erkennen, gehört zu der Kunst des Lebens.

Schäbel dagegen führte sein Unbehagen auf das Verhalten von Jeanne zurück, die sich an diesem Morgen auffallend im Hintergrund gehalten hatte. So, als ob es nie zwischen Schäbel und ihr »gefunkt« hätte. Und mit einemmal hatte alles enttäuschend nach Alltag gerochen.

Er stieß mit den Stiefeln in feuchte und lehmige Grasbüschel, um ihnen Patina zu verleihen. So wie man Jeans bereits auf alt gemacht fabrizierte, hätte man auch den Stiefeln den Schein des Abgetragenen geben können. Dann hätte er hier nicht auf dem Scheißacker herumlaufen brauchen.

Der Spaziergang wurde ihm bald zu dumm, und er ging auf dem kürzesten Weg zurück. Kam an dem biologischen Gemüse- und Naturkostladen vorbei.

Biologische Gemüsehändler waren seit neuestem der letzte Schrei in der Szene. Wer nicht mehr daran glaubte, die Gesellschaft ändern zu können, oder das nicht mehr wollte, »stieg« einfach »aus« und wurde Töpfer, Biobauer oder eröffnete einen Naturkostladen. Man war der großen intellektuellen Dcbatten und der Städte müde und wollte lieber aufs Land und aus dem Bauch heraus leben – alternativ, handwerklich und erdverbunden.

Schäbel ging in den Laden. Der Junge, der da mit den Kisten herumhantierte, hatte lange Haare und trug eine Latzhose, darunter ein weißes Baumwollhemd, das auf der Brust weit offen stand, und Sandalen ohne Socken.

Schäbel sagte: »Tach. Hay!« und blickte sich etwas um. »Wie geht's denn hier so?«

»Du, das kann man so oder so sehen, aber im Prinzip und wenn du die Denkweise der Leute damit meinst, geht es scheiße. Da müßte man mal länger darüber reden. Ich bin Werner.«

»Hollmann« – das hatte Schäbel draußen an der Tür gelesen.

»Bernie. Ich heiße Bernie.«

Warum hatte er nicht »Wayne« gesagt?

»Wenn du Lust hast, reden wir mal drüber. Rosi weiß da besonders viel dazu. Sie macht hier Yoga-Gymnastik mit Sexualtherapie im Sinne des Tantrismus. Du, wenn dich das interessiert, dann komm doch mal vorbei. Rosi ist jetzt gerade nicht da, sie holt Jauche für den Garten. Wir bauen hier nämlich alles selbst an. Nach genauen biologischen Prinzipien. Aber das kann dir Rosi genauer erklären. Falls es dich interessiert.«

»Interessiert mich«, sagte Schäbel, um nicht für dumm gehalten zu werden.

Seine Genossen hatten sich immer über die »Sandalisten«, wie sie sie nannten, lustig gemacht, aber Schäbel hatte für sie Partei ergriffen: »Wenigstens sind sie keine Rechten und keine kapitalistischen Ausbeuter«, hatte er immer gesagt. Daran mußte Schäbel jetzt denken. Er fragte: »Seit wann seid ihr denn hier? Und was hast du davor gemacht?«

»Theologie und Politologie studiert. War nichts anderes frei. Nach dem achten Semester haben sie mir die Stipendien gestrichen, weil ich angeblich nichts abgeliefert habe. Ich hatte da aber schon Rosi getroffen, o Mann, wie haben wir uns geliebt, du glaubst es nicht, aber echt. Rosi hat damals schon Tantra praktiziert! Na ja, und dann wollte sie sowieso schon immer mal was anderes machen, ihr Alter ist im Ministerium, du kennst doch diese Säcke. Und so haben wir das hier angefangen.

Du, komm halt mal wieder vorbei, wenn du Lust hast. Rosi ist eine irre Frau, total anders als alle, die du kennst. Echt.

Du heißt Bernie? Das kann ich mir merken, unser Hund heißt auch so.«

»O. k.«, sagte Schäbel, »ich komm mal vorbei.«

Und dann ging er zurück und über den Hof durch den Hintereingang hinauf in sein Zimmer und haute sich aufs Bett.

Als er am Spätnachmittag aufwachte, befiel ihn eine Art Alltagsödnis.

Alles kam ihm so trübe vor, gleichgültig, wo er sich befand. Das graue Wetter, der blinde Spiegel und das Magenflimmern.

Jeanne, die Wirtin, fiel ihm in diesem flauen Moment nicht ein. Gesine fiel ihm ein. Was seine Stimmung nicht verbesserte.

Erst als er dann aufstand und wieder in den halbblinden Spiegel schaute und die Rangermütze, die da lag, aufsetzte und sich von der Seite betrachtete und die Schultern breitzog, kam er sich wohler vor. Ihm fiel ein, wer er nun war.

Auserwählt von einer riesigen Frau, wie man sie nur einmal auf der Welt fand.

Er ging nach unten in die Gaststube, aber Jeanne war nicht da, und Schäbel ließ sich vom Wirt einen Kaffee bringen und entschloß sich dann, noch einmal einen Spaziergang zu machen. Vielleicht traf er unterwegs ja auch die Wirtin.

Konnte es nicht sein, daß sie voll Unruhe und Sehnsucht nach ihm ruhelos durch die Felder streifte? Daß sie gar hoffte, ihn draußen zu treffen und einmal ungestört mit ihm zu sein?

Er drehte eine Runde um das Dorf, machte diesmal aber einen Bogen um Werner Hollmanns Laden. Als Wayne konnte er diese blassen Latschentypen nicht mehr ertragen. Mit ihrem Du-Gefasel. Die wußten doch nichts von der Wildheit des wahren Lebens.

Von der Wirtin keine Spur. Schäbel ging durch die

leeren Straßen und entschied, diesmal erst etwas später zum Abendessen zu gehen; eine leere Gaststube wäre ihm heute bedrückend erschienen. Er hatte mit einemmal das Verlangen, ganz viele Menschen um sich zu haben. Schon um zu sehen, wie sie ihn wahrnahmen. Ob mit Bewunderung oder Scheu. Vielleicht Neugierde? Oder Furcht vielleicht, oder Vorsicht. Oder ob sie das Bedürfnis hatten, ihm näherzukommen. Sie mußten sich doch glücklich schätzen, einen Wayne zu kennen, oder nicht?

»Die kleinen Stationen sind froh, wenn ein D-Zug an ihnen vorbeifährt.«

Das fiel ihm jetzt ein. Wie glücklich würde er in der Partei die Leute von der Basis machen können, wenn er ihnen die Hand auf die Schulter legte!

Hier war *er* Rudi.

Das fiel ihm auch noch ein.

Hier würde er es sein, der mit Vogls Frau die große Leidenschaft aufs Parkett legte, und der Wirt würde Bernie Schäbel sein, der danebensteht und sagen darf, es mache ihm nichts aus.

Er nahm sich vor, genauso vorzugehen wie Rudi: Sie eine Ziege nennen, vielleicht eine Hure, dann würde sie sich ihm zu Füßen werfen und sagen: »Du bist der einzige, der mir je die Wahrheit gesagt hat. Wayne.« Oder war es besser, es ganz anders zu versuchen. Keine Frau war schließlich so wie die andere.

Am liebsten wäre es Schäbel, wenn er es recht bedachte, überhaupt gewesen, *sie* würde anfangen. Würde ihm etwa heimlich einen Zettel aufs Zimmer legen:

»Laß heute nacht die Türe offen. Ich liebe dich, Wayne!«

Jeder Mann träumt sein Leben lang davon, daß einmal in einem Hotel die Tür aufgeht und eine Überfrau kommt im dünnen Nachthemd herein und legt sich zu ihm. Und ein ungeheuerlicher Liebesakt ereignet sich, wie ein Sturm über Asien. Sie reitet den Tartarenritt über die Steppe, und dann geht sie leise wie eine Katze.

Ohne Licht gemacht zu haben.

Nur ihr Parfüm hängt noch in den Gardinen, und der Leib Schäbels ist ein wenig erhitzt, woran er merkt, daß es kein Traum war. Und diese angenehme Schwäche in den Lenden!

So könnte es sein.

Als Schäbel abends in die Wirtsstube kam, nickte ihm die Wirtin von der Theke her zu, und er meinte, in ihrem Gesicht eine leise Freude aufblitzen zu sehen.

Die Gaststube war nicht mehr ganz leer, und Schäbel ging zu seinem Tisch in der hinteren Ecke.

»Bier, Steak, zuvor Salat? Oder mal was anderes, Herr Wayne?«

»Machen Sie mal, wie Sie denken!«

Ihm lag auf der Zunge, sie zu duzen, aber im letzten Moment unterließ er es lieber. Jemand hatte einmal zu ihm gesagt: »Es gibt nichts Dümmeres, Schäbel, als einer Frau zu zeigen, daß du sie liebst. Immer cool bleiben, verstehst du. Die Weiber wollen nur das, was sie nicht kriegen können.«

Also besser Abstand halten, Schäbel.

War er jetzt den dritten Tag hier oder den vierten? Er versuchte es mit Hilfe der Fingerrechnung unter dem Tisch festzustellen: »Am ersten Tag kam ich an. Am zweiten kaufte ich im Supermarkt Wäsche ein, am dritten war ich in der Stadt... ach, was soll's!«

»Hier schon mal das Bier, der Salat kommt sofort, Herr Wayne.«

Würde er ihr je die Geschichte mit Gesine erzählen? Er würde gern, denn irgend jemanden brauchte jeder, mit dem er seine Probleme bereden konnte. Das war für die Gesundheit der Seele unerläßlich. Ob Gesine sich Rudis Probleme anhörte?

Von seinen hatte sie jedenfalls nie etwas wissen wollen. Sie hatte ihm statt dessen jedesmal eine Gruppentherapie empfohlen.

Wayne nahm gar nicht wahr, was er da aß. Diese Frau hatte es geschafft, ihn zu einer Eßweise zu bringen, wie er sie sonst nicht gekannt hatte. Zuvor wurde genau abgewägt, was zu welcher Vorspeise paßte und welcher Wein zum Fleisch gehörte.

Schäbel ließ sich wohlig treiben.

Er bemerkte nicht, daß der Mann, der gestern schon an seinem Tisch gesessen hatte, sich wieder bei ihm niederließ und mit dem Kopf nickte. Er hätte sich vielleicht auch nicht an ihn erinnert. Die Wirtin füllte seinen Kopf, seine Seele und alles, was er war, so vollkommen aus, daß nichts anderes mehr Platz hatte. Gesine ausgenommen, die ihm immer wieder wie eine unverdaute Speise hochkam.

Schäbel aß das Steak, bestellte nach dem Bier aber einen Rotwein.

»Und welchen?«

»Machen Sie mal!«

Er überließ es ihr auch weiterhin, über sein Wohlergehen zu entscheiden, und der Mann an seinem Tisch sagte: »Ich könnte Ihnen etwas erzählen, Mister Wähn, da würden Ihnen die Ohren übergehen.«

Er zündete sich den Rest einer zerdrückten Zigarette an, die er aus der Jackentasche holte, und bestellte noch ein Bier. Schäbel stierte vor sich hin, irgendwo ins Leere, und sah und hörte nicht, was um ihn herum geschah. *Jeanne, Jeanne, Jeanne...*

Er kaute an seiner Hand herum. Eine Angewohnheit der Hasen. So war es ihm in seinem Leben noch nie passiert.

Daß da eine Frau ihn voll ausfüllte und kein anderer Gedanke in ihm Platz hatte. Ihn taub und blind machte für den Rest der Welt.

Er mußte eine Strategie entwickeln. Wie er vorgehen sollte – »Strategie ist das Werkzeug des Politikers«, hatte er einmal in einer Rede auf einer Tagung gesagt.

Er mußte eine Strategie entwickeln, wie er weiter vorgehen wollte oder wie er sich wenigstens darauf vorbereitete, wie *sie* vorgehen würde, um ihn zu erobern.

»Sie ist eine Frau, die sich holt, was sie will, und nichts läuft anders, als sie will.«

Das war Schäbels Erkenntnis nach dem dritten Glas Wein.

Nach dem vierten Glas beginnt meistens der Suff.

»Ich werde Ihnen jetzt mal etwas erzählen, Wähn«, sagte der Mann am Tisch, »das haut Sie um.«

Schäbel schaute ihn an und dachte: »Ich vermute... wahrscheinlich wird sie morgen früh hereinkommen und sagen: ›Hier Ihr Handtuch, Wayne.‹ Ich stehe zwischen Bett und Spiegel, das Handtuch fällt ihr herunter, und sie bückt sich unwillkürlich, und ihr Körper streift dabei den meinen. Und dann, wenn sie sich wieder aufrichtet, sieht sie mich mit diesem Blick voll Verheißung und Sehnsucht an, und dann verschmelzen unsere Blicke, und dann unsere Lippen und dann unsere Körper.«

Unerhörte, kühne Gedanken waren es, denen Schäbel da nachhing. Wahrscheinlich war das nur die logische, nächste Stufe der Selbstfindung, überlegte er. Er wußte nicht, daß draußen der Vollmond in seiner ganzen Fülle am Himmel stand und die Hasenbrunft just ihrem Höhepunkt zusteuerte. Drei bis fünf Tage sind es, wo der Hase den Verstand verliert. Bei Menschen ist es verschieden, seit er sich aus dem Rhythmus der Natur herausentwickelt hat.

Irgendwann würde sie erschöpft in den Knien einknicken, aber er würde sie auffangen und zärtlich aufs Bett legen. Dabei würde er entdecken, daß die ganze Zeit über die Tür offengestanden war...

»Wissen Sie, daß wir in einer gewaltigen Zeit leben, wie sie nur einmal in Millionen von Jahren vorkommt? Wissen Sie das?«

Das fragte der Mann am Tisch, und Schäbel nickte unbewußt.

»Passen Sie auf!«

Er drückte den Zigarettenstummel aus und rückte näher.

»Der Kosmos besteht zur Zeit aus sieben Dimensionen. Im Anfang war es nur eine, aber jede Dimension entwickelt aus sich heraus eine nächste. Etwa alle zwei Millionen Jahre geschieht das so.

Ich kann Ihnen das sagen, denn ich weiß das. Ich werde Ihnen später erklären, wie ich dazu komme. Ein winziger Gen-Fehler, gut, es ist vielleicht kein *Fehler*, es ist eine Veränderung, über deren Ursprung ich jetzt nicht spekulieren will, ermöglicht es mir, als Beobachter jenseits der sichtbaren Welt durch die Dimensionen zu wandern. Nein, nicht ›wandern‹, es ist eine Art Fliegen.

Ja, es ist mehr ein Fliegen, verstehen Sie mich?«

Schäbel nickte und überlegte dabei, was er weiter tun würde, wenn die Wirtin morgen auf sein Zimmer käme.

»Jede Dimension geht also aus der vorigen hervor, mein Herr, und genau jetzt in diesen Tagen ist der Mensch dabei, die achte Dimension zu entwickeln. Wir leben gerade noch in der siebten. Von Dimension zu Dimension werden aber die Umstände immer bestialischer. Weil immer das gemeinste Wesen aus der vorherigen Dimension die Erschaffung der nächstfolgenden übernimmt. Das ist nichts weiter als ein Spiel. Ohne Sinn. Schauen Sie sich in der Welt um und sehen Sie, was geschieht. Menschen werden bestialisch gefoltert, sterben entsetzlich, verhungern. Vergiften das Wasser, rotten die anderen Lebewesen gnadenlos aus. Der Mensch ist des Menschen Wolf. Und nicht nur des Menschen, der ganzen Natur. Es ist ein Wahnsinn, Herr.« Der Mann war rot vor Zorn im Gesicht. Schäbel sah ihn an und dachte, daß morgen vielleicht alles auch ganz anders käme.

»Und die achte Dimension wird die Hölle, denn ihr Schöpfer ist der Mensch. Er kann machen, was *er* will.

Der Mensch also wird der Gott der achten Dimension.

Packen Sie das im Kopf, Herr Wähn?«

Schäbel nickte.

»Er kann Geschöpfe erschaffen, so wie ein uns unbekannter Gott die Bäume und Tiere und Menschen geschaffen hat, und kann über deren Befinden, über ihr Sein oder Nichtsein entscheiden. Kann sie quälen, zerstören, sich gegenseitig auffressen lassen, mein Herr. Es ist ein Wahnsinn. Merken Sie, wovon ich rede?«

»Nein«, sagte Schäbel, weil ihm just da einfiel, daß er sie ja morgen auch bitten konnte, ihm ein Handtuch zu bringen; dann *mußte* sie kommen, und alles würde sich so entwickeln, wie er es sich ausgemalt hatte. Er hatte das fünfte Glas Rotwein vor sich und hielt den Mann am Tisch für einen Verrückten. Die ganze Welt ist voll von Verrückten.

»Und da, mein Herr, wird es von dem Charakter und dem Geist dessen abhängen, der die Erschaffung der achten Dimension übernimmt, *wie* diese Dimension ausfällt. Wie würden Sie die siebte Dimension bezeichnen, Herr Wähn, in welcher wir leben? Frei heraus, bitte.«

»Phantastisch«, sagte Schäbel und schaute auf die Wirtin, die er Jeanne nannte. »Phantastisch.«

Der Mann lehnte sich zurück und betrachtete Schäbel merkwürdig, als überlege er, ob es einen Sinn habe, mit so einem zu reden.

Als Schäbel nach dem siebten Glas Wein nach oben ging, stand der Vollmond draußen genau über dem Dach.

Schäbel hatte sich zuletzt entschieden, es bei der Wirtin so zu machen, wie Rudi es bei Gesine gemacht hatte. Sie einfach nicht beachten.

Er war also nur zur Tür gegangen, ohne sich umzudrehen. Er war sicher, sie würde ihm wie in Trance folgen.

Und tatsächlich glaubte er jetzt jemanden leise an die Tür klopfen zu hören.

Doch als er öffnete, war da niemand.

»Wahrscheinlich kommt sie im Moment nicht los«, sagte er sich und ließ die Tür offen. Setzte die Rangermütze auf, betrachtete sich im Spiegel und schob den Unterkiefer nach links, so wie John Wayne es immer tat. Nein: nach rechts, denn was im Spiegel links ist, ist in Wahrheit rechts. Der Spiegel lügt also, dachte er in seinem Suff und überschätzte diese Erkenntnis gewaltig.

Er zog sich nackt aus und legte sich mit der Mütze auf das Bett. Wo er sofort einschlief.

Als er aufwachte, lag er immer noch nackt auf dem Bett, die Rangermütze zerknittert neben sich. Die Zudecke war auf dem Boden, die Klamotten lagen verstreut im Zimmer herum, und außer daß ihm der Kopf brummte, erfüllte ihn eine – wie soll man sagen? – entspannte Seligkeit.

Ihm war, als sei *sie* in der Nacht bei ihm gewesen.

Schäbel versuchte sich zu erinnern, wie oder was genau geschehen war, doch offensichtlich war die Leidenschaft so groß gewesen – und das sicherlich auch bei *ihr* –, daß er sich nur an blaue Sterne vor seinen Augen erinnerte und an einen Höhenflug wie ein Sputnik zur Venus.

Er schnupperte, ob wenigstens noch ihr Parfüm in der Luft hing, aber er konnte nichts ausmachen. Wahrscheinlich hatte er sich inzwischen daran gewöhnt, so daß er es nicht mehr wahrnahm.

Oder hatte er alles nur geträumt?

Das durfte nicht sein, und er suchte irgendein Zeichen, vielleicht eine Haarklammer im Bett oder dergleichen – vergeblich.

Es *darf* kein Traum gewesen sein, Schäbel, dachte er und zog sich an.

Er ging hinunter in die Gaststube. Sie war nicht da.

Vogl stand hinter der Theke und nickte mit dem Kopf, als Schäbel »Guten Morgen« sagte.

»Frühstück mit Kaffee?« fragte Vogl, und Schäbel sagte: »Ja und Käse und etwas Rauchschinken. Und noch ein Mineralwasser und eine Gurke, wenn es geht.«

»Geht«, sagte Vogl.

Wahrscheinlich lag sie im Bett, dachte Schäbel und spürte dort noch dem Glück der letzten Nacht nach.

Und eine große Befriedigung kam über ihn, und er wollte mit endloser Geduld warten, bis sie käme, das hatte sie verdient, und wenn es drei Stunden dauerte. Einmal mußte sie ja kommen; nach so einer Nacht läßt man den Geliebten nicht warten.

Sie kam schon nach einer Viertelstunde herein.

Schäbel erwartete, daß sie ihm mit den Augen ein Zeichen des Dankes geben oder unter einem Vorwand zu ihm an den Tisch kommen und ihn vertraut mit der Hand berühren würde.

Sie tat beides nicht.

Sie verhielt sich wie immer, eher cool als interessiert, und machte irgendeine Arbeit.

»Aha!« dachte Schäbel, »es soll unser Geheimnis bleiben. Ein wunderbares, unglaubliches Geheimnis zwischen zwei großen Liebenden. Was für eine Rie--sen--frau!! Und *wie* sie das spielt! Alle Achtung!«

Sie kam, um den Tisch abzuräumen, berührte ihn nicht mit der Hand, nicht mit dem Knie. Räumte eher routinemäßig ab, und als Schäbel seinerseits versuchte, sie mit dem Knie anzutupfen, sagte sie: »Entschuldigung, habe ich Sie gestoßen?«

Sie spielt die Rolle mit einer solchen Vollendung, dachte Schäbel; sie würde die Moreau in jedem Film glatt an die Wand spielen.

Er sagte: »Nein, nein, macht nichts.«

Dann ging sie in die Küche und kam nicht mehr heraus. Vogl verhielt sich so, als wäre Schäbel nicht vorhanden.

Schäbel ging unschlüssig nach oben. Er war sich plötzlich nicht mehr sicher, was in der Nacht geschehen war, und beschloß, ab heute keinen Alkohol mehr zu trinken, um in Zukunft die Wirklichkeit auch danach noch richtig im Gedächtnis zu haben. Und sie immer wieder nachträglich durchkosten zu können. Was nützte die unglaublichste Traumnacht, wenn er später nicht mehr alles wußte! Vielleicht aber hatte er auch nur zu fest geschlafen, und den Alkohol traf gar keine Schuld.

Wahrscheinlich war es indessen nur so, daß die Wirtin einfach ein großes Geheimnis zu hüten wußte. Wie eine Magierin. Wie eine Priesterin der Träume auf der Grenze zwischen Sein und Nichtsein.

Seit er sie kannte, konnte er dichten, schien es ihm.

Er suchte von neuem das Zimmer ab, ob er nicht doch noch irgendeinen Beweis ihrer nächtlichen Anwesenheit fand. Dabei fiel sein Blick auf den blinden Spiegel, und er überlegte, was wäre, wenn es ein Verfahren gäbe, alles, was ein Spiegel so etwa während vierundzwanzig Stunden aufnahm, wieder sichtbar zu machen. Sozusagen den Speicher abzurufen. Dann wüßte er die ganze Wahrheit. »Ein Spiegel sollte ein Speicher der Wirklichkeit sein. Oder nicht, Schäbel?«

Später ging Schäbel über das Feld und scharrte mit den Stiefeln im Gras herum. Er kannte hier schon jeden Stein, so kam es ihm vor, und konnte die Gegend nicht mehr ertragen. Lief zum Autobus, hatte noch eine halbe Stunde Zeit, die er zwischen den Häusern vertrödelte, und fuhr dann in die Stadt.

Ging dort wieder direkt ohne Umwege in das Bistro und wurde sich unterwegs immer klarer darüber, daß es *kein* Traum war.

Er bestellte eine Quiche und ein Glas Landwein.

Roten.

Beim zweiten Glas war er ganz sicher, daß es kein Traum war, denn warum sonst versuchte sie so auffällig auf Geheimnis zu machen?

Er drehte den Barhocker nach hinten und schaute aus dem Fenster auf die Straße. »Die Bilder schwammen und flimmerten und tanzten, die Wirklichkeit hüpfte auf der Straße herum, als feierten sie ihre Libertinage...« So etwa würde er's beschreiben, sagte er sich, trüge er seinen Zustand in ein Tagebuch ein.

Was für ein Tag, oh, was für ein Tag!

Auf der Fahrt zurück dachte er: Du hast hier schon deine ausgefahrenen Gleise, Junge. Runde um die Felder, Gang durch das Dorf, Fahrt mit dem Bus. Rauf ins Zimmer, runter aus dem Zimmer, eigentlich hältst du das nicht mehr lange aus. Wäre da nicht diese unglaublich einmalige Liebe. »Die wahre Liebe läßt dich alles ertragen.«

Sie würde heute wiederkommen, daran gab es keinen

Zweifel. Eine Frau wie Jeanne nahm alles *ganz*. Leerte den Becher bis zur Neige.

Gegen acht Uhr ging er hinunter in das Gastzimmer und setzte sich an seinen Tisch.

Nie waren ihm so große Gedanken zugeflogen wie in den letzten Tagen. Er schrieb es der Frau zu, die sein Leben verändert hatte: Jeanne, oder wie auch immer sie heißen mochte.

Und setzte sich wieder mit dem Gesicht zur Gaststube, um den Überblick zu haben.

Etwa zwei Drittel der Tische waren besetzt. Die letzten Tage über hatte er die anderen Gäste nicht weiter beachtet, da war er noch zu sehr mit sich selbst beschäftigt gewesen.

Nun war es allmählich Zeit, sich die Umgebung genauer anzusehen.

Die Wirtin wollte er allerdings nicht weiter beachten. Er hatte die Absicht, ganz auf ihr Spiel einzugehen und so zu tun, als seien sie sich völlig gleichgültig und als hätte jene Nacht nie stattgefunden. Mal sehen, wie *sie* darauf reagierte.

Er sah jetzt, daß der Nebentisch reserviert und für zwei Personen gedeckt war.

»Was nehmen der Herr heute?«

Sie fragte ihn irgendwie anders als sonst.

Um nicht in Gewohnheiten zu verfallen, denn Gewohnheiten töten das Leben und man verliert die Lust zum Abenteuer, wollte er heute kein Steak mit Salat und Rotwein. Außerdem wollte er Jeanne verblüffen, sie sollte nicht meinen, ihm fiele nichts anderes ein als Steak und Rotwein.

»Schweinebraten mit Knödel, Rotkohl, ein Bier, ein Calvados!«

»Sehr wohl, der Herr«, sagte sie und ging die Bestellung aufgeben.

Gewiß spielte sie nur die Coole, um von dem abzulenken, was zwischen ihnen geschehen war. Aber heute nacht würde sie wieder bei ihm im Bett den tartarischen Hunnentanz reiten. Und keiner hier im Raum ahnte etwas davon. Welch ein Triumph, Schäbel!

Als ein Mann mittleren Alters sich neben ihn setzte, nahm Schäbel dies kaum wahr. Er hätte auch nicht sagen können, ob es derselbe von gestern war. Es war nicht der gleiche. Er sah aus wie ein Bauer, vielleicht auch wie ein Elektromeister. Sein Gesicht war leicht gerötet, als ob er eine Arbeit in der frischen Luft ausübte.

Der Schweinebraten schmeckte nicht schlecht. Bisher hatte Schäbel zeit seines Lebens die deutsche Küche gehaßt. Schon seine Mutter hatte sie immer gehaßt, weil sein Vater – sein vermeintlicher Vater – nichts anderes essen wollte. Dabei hätte sie so gern französisch gekocht.

Viele Frauen hassen die Angewohnheiten ihrer Männer zutiefst, das liegt in der Natur der Sache; Frauen und Männer passen nicht zusammen.

Seine Mutter. Er mußte sie morgen dringend anrufen, sich bedanken. Vielleicht brauchte er auch noch etwas Geld. Und sie fragen, wie es ihr ging. Hatte sie nicht gesagt, der Vater sei krank?

Nach einer Weile kamen zwei Männer herein und setzten sich an den Nebentisch. Sie mochten um die Siebzig sein. Einer groß und breit, mit einem weiten Mantel und einem schwarzen Hut. Ein Stier.

Der andere ein wenig gebeugt und eher mager. Spärliche Haare. Keine Brille. Kein Hut. Kein Mantel. Das Jackett abgetragen. »Es gäht loss«, rief der Stier dem Wirt zu und sprach einen Akzent.

Vogl nickte, trocknete sich die Hände und rief in die Küche: »Sie sind da, Marie. Es geht los.«

Es dauerte kaum eine Minute, da wurde aufgetischt. Gänsebraten. Böhmische Knödel. Rotkohl. Bier. Salate, Gewürzgurken, gerösteter Knoblauch; der Tisch wurde vollgeladen bis an den Rand. Schäbel verfolgte gebannt dieses bacchantische Mahl. Wie ein Schlachtfest, eine Hochzeit der Götter.

Und mit welcher Wollust die beiden da anfingen zu fressen und zu grunzen. Und zu saufen. Und mit welcher Präzision die Wirtin sie bediente, als wüßte sie genau, wann und wie und was als nächstes auf den Tisch mußte.

Was für eine Frau! Es gab wohl nichts, was sie nicht voll im Griff hatte. Seine Liebe zu ihr wuchs zu grenzenloser Bewunderung.

Der Bauer neben Schäbel grinste und nickte: »Wenn Sie Glück haben, können Sie jetzt ein Schauspiel erleben wie im Theater.

Sie kommen so alle sechs Wochen und besaufen sich wie die Haubitzen. Sie bestellen vorher ein Mahl, und wenn sie dann kommen, muß alles bereit sein. Manchmal tanzen sie wie die Bären herum. Zwei wahnsinnige Teufel. Das findet man heutzutage kaum noch wo. Vielleicht im Film. Aber die hier sind lebendig wie die Büffel.« Schäbel vergaß für einen Augenblick die Wirtin.

»Wer sind sie?«

»Der eine ist Steiner, er wohnt seit vielleicht zehn Jahren im Dorf, und vom anderen weiß man, daß er ein Russe sein soll. Steiner war in den Zwanzigern Weltmeister im Radfahren, in den Dreißigern beim Widerstand gegen Hitler, und dann lebte er in Rußland. Mehr weiß man nicht, er redet nicht viel. Man weiß nur, daß er allein in einem Haus außerhalb vom Dorf wohnt, das er von seiner Mutter geerbt hat. Sie war Häuslerin; er hatte keinen Vater. Als Junge hat er da mit ihr gelebt, aber daran erinnert sich hier keiner. Danach verschwand er, und vor zehn Jahren ist er zurückgekommen. Man sieht ihn kaum, und keiner weiß, was er dort in seinem Haus macht. Wenn er Post bekommt, gibt er sie dem Briefträger wieder mit. Schreib ›unbekannt verstorben‹ drauf, sagt er zu ihm.

Und dann besaufen sie sich hier und tanzen manchmal oder singen. Meistens russisch.«

Das interessierte Schäbel. Er rutschte mit seinem Stuhl langsam näher zu dem benachbarten Tisch hin und versuchte zu hören, was die anderen redeten. Doch er hörte sie nur schmatzen und grunzen und ab und an ein paar russische Wörter dazwischen, und dann lachten sie wie die Teufel.

»Der andere ist, wie gesagt, ein Russe. Er soll an der Universität Vorträge halten.«

Da fiel es Schäbel ein, daß er ihn schon einmal gesehen hatte. Mischkow.

Als Schäbel im ersten Semester gewesen war, hatte jeder von seinen Vorlesungen geredet. Einmal im Monat war eine solche angekündigt, und immer standen die Leute bis hinaus auf den Flur, um ihn wenigstens aus der Ferne zu hören.

Mischkow war General in der Revolution gewesen, danach Minister und Philosoph. Was er vortrug, warf, hieß es, alles über den Haufen, was man bis da für die Weltordnung gehalten hatte. Die totale geistige Umkehrung. Das mußte ein Wahnsinn gewesen sein.

Mit der Leidenschaft, mit der er da saß und fraß und soff, hatte er wohl auch geredet. Und gedacht. Und eines Tages war er dann weg von der Uni gewesen.

Schäbel bedauerte in diesem Moment, nie dort gewesen zu sein, wischte den Gedanken dann aber aus seinem Kopf: »Was soll's!« Er – Schäbel – mußte die Weltprobleme nicht lösen. Er mußte nur sich selbst finden und ansonsten sehen, daß er nirgends anstieß. Guten Job, wenig Arbeit und seinen Weg gehen. Als Wayne.

»Einmal war einer bei ihnen«, sagte der Bauer am Tisch, »ich könnte schwören, daß es der französische Staatspräsident war. Er trug eine Sonnenbrille, sie sprachen zuerst gar nicht, haben nur voll reingelangt in den Braten. Dann sprachen sie Französisch, ich verstehe nicht Französisch. Aber sie kamen mir vor, als wären sie Saufkumpane. Was für Teufel!«

Der Bauer schüttelte den Kopf und grinste.

»Bier, bitte, Härr Wirt!«

Mischkow sprach jetzt mit Steiner Russisch. Dann auch wieder Deutsch.

Mischkow summte etwas vor sich hin.

»Ich hätte es machen sollen, Fjedka. Ich stand einen Meter neben ihm. Die Kanone geladen, die Hand in der Tasche. Eine Kugel, und die Geschichte wäre anders verlaufen«, sagte Steiner und verbarg die Hände unter dem Tisch.

»Fängst du schon wieder an, du verfluchter Hundesohn. Immer, wenn du besoffen bist, fängst du damit an. Seit fünfzig Jahren fängst du damit an, und seit fünfzig Jahren sage ich dir: Nichts wäre anders gelaufen. Gut, siebzig Millionen weniger Tote. Dafür dreihundert Millionen Menschen mehr auf der Welt, weil sie hätten sich vermehrt wie die Karnickel, und was wäre dann? Na, vielleicht denke ich gemein, aber ein Übel wird ausgelöst durch ein anderes, und dich hätten sie zerstückelt und gesalzen, du könntest dich nicht mehr besaufen, Pietko, du bist ein erbärmlicher Hund mit Stroh im Kopp. Da ist es besser, du lebst noch hier neben mir, Pietko, oder? Kannst du mich überhaupt verstehen oder bist du zu besoffen?«

»Ich kann dich nie verstehen. Oder ja. Ich kann dich immer verstehen.«

»Hätten sie dich zerstückelt, mit wem würde ich heute hier sitzen? Wodka, Herr Wirt!«

Dabei packte er Steiner am Ärmel und schüttelte ihn durch. Vogl brachte eisgekühlten Wodka, er kannte das schon.

»Ich wär dir das erklären: Das Prinzip des Kosmos ist

die Explosion. Alles was geschieht, ist die Folge einer Ursache. Die Ursache ist ganz klein, die Explosion ist ganz groß. Hier...« – er hielt Steiner einen Fingernagel hin – »kleiner Samen von einem Menschen. Das Leben zusammengezogen auf eine Minute, Explosion. Wächst und wächst, erschafft fünf andere Explosionen, die schaffen wieder fünf andere Explosionen. Eine wahnsinnige Explosion der Menschheit ist im Gange, Piekto.

UND SIE SEHEN DAS NICHT.

Eine Ursache war gewesen, und die Wirkung ist nicht mehr aufzuhalten.«

Mischkow hatte einen roten Kopf und nickte immer wieder.

»Und was war die Revolution? Ein kleiner Funken fällt an eine Stelle, und es geht los. Millionen Tote, sieben Jahrzehnte machen sie Rabbatz, und jetzt fällt sie zusammen, die Zeit ist um. Ist die Zeit der Welt vorbei, Pietko, sag mir das mal!«

»Sie ist vorbei.«

Wieder nickte er.

»Vermehrung, die nicht mehr gebremst werden kann.

Die Ursachen sind es, Steiner, die sie erkennen müssen und beseitigen. Oder aber DAS RICHTIGE VERURSACHEN.

Die Ursache allen Unheils ist die Übervölkerung. Sie *müssen* die Grenzen aufbrechen und über andere Länder herfallen, weil sie zu Haus keinen Platz mehr haben. Nichts zu fressen. Das Wasser auf der Welt reicht nicht mehr für alle Menschen. Und das, Pietko, ist die Kunst derer, die Geschichte machen sollen: die Ursache erkennen. Und das können sie nicht. Der Mensch ist zu dumm zum Leben.«

Mischkow trank einen Wodka und gab dem Wirt ein Zeichen, einen neuen zu bringen.

»Sag, was du willst, ich hätte ihn umlegen sollen«, sagte Steiner.

»Oh, du Verfluchter! Warum hat Gott Vater dir keinen Verstand verliehen, wenigstens so groß wie von einer Ameise. Weißt du, daß die Welt ohne Ameisen zusammenbrechen würde, während sie durch die Ausrottung des Menschen gerade noch einmal zu retten wäre? Und was schließt dein Gehirn daraus? Ich sag es dir, weil du das allein nicht begreifst: daß die Ameise ein wertvolles Wesen ist und der Mensch ein totaler Schädling. Hättest du ihn umgelegt, hätte Stalin seine Mordquote mit übernommen, liebend gern, mit dem kleinen Finger.

Pietko, die Weltordnung ist nicht so, wie die Menschen es bisher glaubten. SIE IST BESTIALISCH.«

»Und doch hätte ich ihn umlegen sollen, dann könnte ich jetzt ruhiger schlafen.«

»Im Jenseits. Ja.« Mischkow lehnte sich zurück. »Frag mich mal, was mir im Leben am besten gefallen hat?«

»Ich frag dich.«

»Fressen und Saufen und zwei oder drei große Frauen, die ich traf. Denn dem Menschen wurden seine sieben Sinne gegeben, damit er sich daran erfreue. *Dafür* hat es sich gelohnt, geboren zu werden. Sonst für nichts. Mein großes Glück war, daß ich in keine Religion gezwungen wurde. Und auf alle Revolutionen scheiß ich.«

Er stierte vor sich hin und sah noch mächtiger aus als zuvor. »Kein Wesen hat dieses Übermaß an Dummheit…«

»Hör auf, Mischkow, hör auf und sauf aus, dann gehen wir.«

»Die Religionen und Ideologien, Steiner, sind das Gift der Menschheit…«

»Wenn du nicht aufhörst, gehe ich allein.«

Steiner sagte noch ein paar Sätze auf russisch, und dann stierten sie vor sich hin.

»Versoffener tartarischer Hurensohn.«

Sie brummten noch, was sich wie der Gesang der Wolgaschiffer unten im Bauch anhöre. Dann standen sie auf, Steiner schaute zu Schäbels Tisch hinüber und sagte: »Guck mal, Mischkow, da sitzt ein Hase!«

»Ach, du bist besoffen.«

Als Schäbel die Treppe zu seinem Zimmer hinaufging, nahm er sich vor, diese Nacht nicht zu schlafen. Er würde sie in vollem Wachsein erwarten. Und wenn sie käme, sollte er sie dann spüren lassen, wie sehr er sich nach ihrem Leib verzehrte? Und nach der Seele auch, natürlich nach ihrer Seele auch?

Während er so überlegte, stand er vor dem halbblinden Spiegel und betrachtete sich. Er schob dann die Nachtlampe ein wenig hin und her, um anderes Licht zu bekommen, und wenn sie von unten her leuchtete, sah er Wayne am ähnlichsten. Fand er. Dann ging er duschen und legte sich schon einmal ins Bett.

Draußen schlug die Kirchturmuhr just Mitternacht. Der Mond stand fast im Süden.

Fahles Licht kam zum Fenster herein; er hatte die Lampe vorerst einmal ausgemacht. Von unten her hörte man die Stimmen der Gäste.

»Der Mond nimmt ab.«

Das war sein letzter Gedanke, wobei er nicht wußte, daß mit dem Mond auch die Hasenbrunft abnimmt und die Leidenschaft ihren Höhepunkt überschritten hat.

Er hatte traumlos geschlafen und erwachte, weil er pinkeln mußte. Die Toilette war wie die Dusche auf dem Flur, und als er hinaustorkelte, stieß er gegen die Tür, als er die Klinke herunterdrückte, denn sie war verschlossen.

Schlagartig fiel ihm ein, DASS ER DIE TÜRE VERSCHLOSSEN HATTE. Daß sie also gar nicht zu ihm hatte kommen *können.* Laut zu klopfen wäre undenkbar gewesen, Vogl war nicht auf den Kopf gefallen.

»O ICH BLÖDER HUND!«

Diesen Satz wiederholte er dreimal.

Er schlug sich mit der Hand an die Stirn, schüttelte den Kopf, pinkelte dann im Klo daneben und merkte jetzt, daß er obendrein nackt war. Na, wenigstens waren wahrscheinlich keine anderen Schlafgäste auf dem Flur.

»Wieder einen Tag des Glücks aus Unachtsamkeit verschenkt«, sagte er sich, als er auf sein Zimmer zurückging. »Schäbel, du dummer Hund. Konzentration! Ich sollte lernen, mit Konzentration zu handeln. Wayne war nie unkonzentriert, bei allem, was er tat.«

Sagte sich Schäbel und wollte sich in Zukunft daran halten. Doch dann dachte er in gewohnter Weise: »Ach, was soll's! Morgen ist auch noch ein Tag.«

Und schlief an dieser Stelle ein.

Am nächsten Morgen hatte Schäbel schlechte Laune. Er haßte sich; wie konnte er nur so unendlich dumm gewesen sein! Unwürdig eines John Wayne. Und schon gar eines Parteivorsitzenden, der in jeder Minute hellwach handeln sollte.

Wahrscheinlich würde sie ihn jetzt verachten.

Er ging etwas unsicher nach unten – auch Wayne war nur ein Mensch und hatte seine schwachen Tage. Zwar hat man ihn nie an solchen Tagen gesehen, aber man durfte es zumindest vermuten. In den Zeitungen las man manchmal in den Klatschspalten, daß er besoffen irgendwo gefunden wurde. So was las man gern von seinen Konkurrenten.

»Moin.« Er sagte ungewohnt ›moin‹, was er noch nie im Leben gesagt hatte. Eine Angewohnheit, die Gesine hatte. Sie war von da oben. Norden. »Bin ich zu spät?«

Sie stand hinter der Theke und trocknete einen Teller ab. Lachte wieder geheimnisvoll, was alles bedeuten konnte, und sagte: »Kommt drauf an, wofür.«

Was meinte sie damit?

Schäbel horchte auf, schaute sie an und fand, daß sie Augenringe hatte. Die ganze Nacht wahrscheinlich nicht geschlafen, weil sie darüber nicht hinwegkommen konnte, daß seine Tür verschlossen war.

»Ich meine zum Frühstück.«

Er versuchte seinerseits geheimnisvoll zu grinsen.

»Dafür kommen Sie allerdings zu spät.«

Das war deutlich. Schäbel wand sich verlegen. Hatte sie *»auch* zu spät« gesagt?

»Alles verloren?« fragte er. Ein »charmantes Wortgeplänkel« nannte er so etwas sonst.

»Mhm.« Sie wiegte den Kopf. »Mal sehen.«

Er atmete innerlich auf. Noch war die Situation nicht ganz verfahren. Einem Wayne ließen die Frauen eben immer alles durchgehen. Sie waren doch froh, wenn er ihnen nur den Stiefel hinhielt. Um ihn zu küssen.

Schäbel war wieder ganz obenauf. Der Sieger.

»Haben Sie gut geschlafen, Herr?«

»Nicht so. LEIDER zu fest, was ich SEHR bedaure.«

»Na, hoffentlich haben Sie nichts versäumt.«

Dieser Satz war ihm der letzte und sichere Beweis, daß sie an seiner Tür gewesen sein mußte.

O Teufel noch mal!

»Mir scheint, ich habe SEHR VIEL versäumt. Schon gar, wenn ich an neulich denke.«

Er versuchte ihr einen Blick zuzuwerfen, den sie wohl verstehen mußte. Und mit ihrer Antwort würde sie bestätigen, was er jetzt mit Sicherheit wußte. »Der Ritt über die Taiga«, »Sturm über Asien«, oder wie auch immer er es nennen wollte.

»Was man versäumt hat, ist manchmal nicht für...«

In diesem Augenblick kam Vogl ins Gastzimmer, und die Wirtin ging in die Küche, das Frühstück zubereiten. Er haßte Vogl in diesem Moment, machte sich dann aber klar, daß Vogl in diesem Spiel ja SEINE Rolle spielte. Vogl also war Schäbel, und Schäbel war Rudi, und Rudi war der Sieger, und Vogl der Verlierer.

Seine Seele fing wieder an zu flattern, weil er nicht wußte, wie der Satz von Jeanne wohl hätte weitergehen sollen.

Als die Wirtin das Frühstück brachte, wollte er ihre Hand ergreifen, doch da schaute Vogl herüber, und er ließ es bleiben.

Wahrscheinlich war dies dann doch der schönste Tag in seinem Leben, denn er brachte ihm die Gewißheit, daß diese Wahnsinnsfrau ihm gehörte. Als sie nämlich das Frühstücksgeschirr abholte, sagte sie: »Ich bringe nachher frische Handtücher rauf. Ist das in Ordnung?«

Wow, Schäbel, *wow!*

Dieses ›ist das in Ordnung‹ war ganz klar eine Frage an ihn, ob er sie erwarten würde.

»Natürlich. Sowieso ist das in Ordnung.«

Er ging mit breiten Schritten aus dem Gastzimmer, hielt jetzt den Gürtel mit *beiden* Händen. Den Kopf nach hinten gebogen. Unterkiefer nach links. Scheißegal, ob das Halstuch schief saß, dafür war der Sieg zu groß, als daß er noch auf irgend etwas achten mußte. Rudi konnte auch machen, was er wollte, Gesine küßte ihm immer die Füße. Innerlich. Seelisch natürlich. Im übertragenen Sinn also.

Oben warf er sich aufs Bett.

Und so wartete er in Hochstimmung.

Als sie nach drei Stunden nicht gekommen war, wußte er, daß nur Vogl sie zurückgehalten haben konnte. Denn bei dieser Leidenschaft mußte schon viel passieren, um eine Frau zurückzuhalten.

Er stand auf, zog den Parka an, steckte Geld ein und warf im Gehen noch einen kurzen Blick ins Gastzimmer, um sich seine Vermutung zu bestätigen. Er hatte recht, Vogl war da, und sie auch. Sie hatte also nicht wegkönnen.

Jeanne schaute Schäbel nicht an. Wahrscheinlich, damit Vogl nicht merkte, daß sie einen Ausdruck des Bedauerns im Gesicht hatte.

Schäbel ging ins andere Wirtshaus des Dorfes, das nie Gäste hatte. »Ein Bier. Was haben Sie zu essen?«

»Nur kalt. Emmentaler mit Salz und Pfeffer, Leberkäs oder Landjäger. Wenn Sie wollen, ein Spiegelei.«

Er bestellte Emmentaler und würgte ihn hinunter. Damit er nicht bei Vogl essen mußte. Er wollte heute wegbleiben. Wußte zwar nicht, was er damit bezwekken wollte, doch er machte das jetzt einmal so. Manches tut der Mensch wie in Trance, ohne zu wissen, wozu.

Das Essen drückte ihn im Magen, und er war sich nicht mehr sicher, ob es richtig war, wegzubleiben.

Er strich um das Dorf herum, die Landschaft ödete ihn schon an. Das Wetter war erträglich, doch kein Grund für Hochstimmung.

Schäbel ging zum Laden der Hollmanns, aber das Geschäft war zu: »Wegen Familienangelegenheiten geschlossen.«

Als er einen Augenblick unschlüssig dastand, kam der Mann, der vor ein paar Tagen an seinem Tisch gesessen hatte. »Wissen Sie, was die unter ›Familienangelegenheiten‹ verstehen? Kopulieren! Das werden sie so lange machen, bis Hollmann daran zugrunde geht, aber das ist eine merkwürdige Geschichte, die würde ich Ihnen gerne erzählen, wenn Sie etwas Zeit hätten. Kommen Sie mit, ich erzähle es Ihnen, Herr Wähn.«

Schäbel wollte nur die Zeit irgendwie herumbringen, ohne die Landschaft zum, wie es ihm schien, tausendsten Male ansehen zu müssen. Immer den gleichen Weg laufen und warten, bis das Abendessen beginnt. Und das alles nur, um *sie* zu sehen. Sonst wäre er vielleicht nicht mehr hier. Also folgte er dem Mann.

»Gehen wir zu mir, ich wohne am anderen Ende, ist nicht weit.«

Schäbel ging neben dem Mann her, bis sie zu einem Siedlungshaus aus den Fünfzigern kamen. Er wohnte in einem Anbau neben einem Holzschuppen.

»Wollen Sie etwas trinken, Wähn? Übrigens, ich bin Mayinger.« Er streckte ihm die Hand hin.

Schäbel wollte irgendeinen Schnaps, wenn möglich, um das Magendrücken loszuwerden. Er war sich nicht sicher, ob er sagen sollte, sein Name sein Schäbel, denn er wollte eigentlich nicht, daß seine Identität, also, daß er Wayne war, leichtfertig in die Welt hinausposaunt wurde. Entweder einer sah das, oder er sah es nicht.

»Sehen Sie, das ist so: der Mensch kann sich im Unterschied zum Tier – denn auch die Tiere werden wiedergeboren – nicht an seine früheren Leben erinnern.

Nun gibt es zwar ein paar Geschäftemacher, die behaupten, sie brächten die Menschen in ihr früheres Leben zurück, angeblich, doch jeder war einst ein Feldmarschall, eine tibetanische Tempeltänzerin oder eine unglaublich interessante Person. Nur ein Fall ist bekannt, wo eine Frau vorgibt, zuvor eine Putzfrau gewesen zu sein. Das ist ein solcher Einzelfall, daß sie ein Buch darüber schrieb. Alles nicht wahr. Wohl gibt es Nachrichten aus den Dimensionen, ich kenne sie ja, doch der Mensch kann sie nicht hören.

Ausgenommen ich. Ich wandere durch die Dimensionen und kenne sie alle, Herr.«

Schäbel dachte, daß Vogl sich in der Sache auch anders verhalten könnte. Nämlich so wie er, also Schäbel, sich verhalten hatte. Bei Rudi. Danebenstehen und es geschehen lassen.

»ICH, JOSEF MAYINGER, HABE DEN ÜBERBLICK.

Was sagen Sie jetzt?«

Schäbel goß sich noch einen Schnaps ein, obwohl es ihn vor dieser Sorte Fusel grauste.

»Ich kenne hier fast jeden mit seinen früheren Inkarnationen, ich kenne sie fast alle aus den sieben Dimensionen.«

Schäbel schaute ihn an.

»Nur *Sie* habe ich noch nie gesehen. Sie sind ein Wesen, das es zuvor nicht gab, sozusagen eine Ersterscheinung.«

Schäbel nickte. Seit er sich selbst gefunden hatte, war er selbstverständlich eine Ersterscheinung. Er hätte ihm das so erklären können, ließ es aber bleiben.

»Wahrscheinlich durch ein Tier gezeugt.«

»Blödsinn«, dachte Schäbel. »Nur gut, daß ich es nicht zu erklären habe.«

»Und Hollmann, der biologische Gemüsehändler, ich verfolge seinen Weg seit Unzeiten, ist – hören Sie zu! – die einhundertvierundsechzigste Inkarnation des Agnostikers Abhuan-Ta. Er hat es in seinem ersten Leben teuflisch getrieben, und jetzt muß er kopulieren, bis er daran zugrunde geht.

Jetzt sagen Sie nichts mehr, nicht wahr?«

»*Der* Hollmann da?« fragte Schäbel ein bißchen blöde. Er hatte nicht zugehört. Er überlegte, ob er noch einen trinken sollte, tat es dann aber nicht. Statt dessen beschloß er, sich das alles nicht mehr anzuhören. Zumal es sein konnte, daß die Wirtin noch mit den Handtüchern in sein Zimmer kam.

»Wissen Sie was, Mayinger, ich muß jetzt gehen«, sagte er und verließ den Mann. Der hinter ihm nickte und in den Garten ging. Einen Rechen nahm und damit herumkratzte.

Als er in sein Zimmer kam, waren die Handtücher ausgewechselt, und auf dem Tisch stand ein kleiner Blumenstrauß.

Sie war *doch* gekommen.

Schäbel setzte sich aufs Bett, und sein Herz schlug wieder viel zu schnell.

Was der Blumenstrauß wohl bedeutete?

Deutlicher konnte eine Frau wie Jeanne wohl keine Zeichen setzen. Oder?

Er legte sich aufs Bett zurück, verschränkte die Arme unter dem Kopf und schlief ein. Wachte aber auf, als die Samstagabendglocken läuteten, die Kirche war dicht neben dem Gasthaus. Kirchen haßte er. Er hat mit seiner Mutter als Kind ins Hochamt gehen müssen, wo der erbärmliche Gesang ihn unerträglich angeödet hatte. Der Geruch von Weihrauch verursachte ihm Brechreiz. Sein Vater ging nie in die Kirche, die einzige Eigenschaft, die er an ihm schätzte.

Unten im Gastraum waren etliche Tische gedeckt, was sonst nie der Fall war. »Ist was los?«

»Wir haben heute eine größere Gesellschaft, aber stören Sie sich nicht daran.«

Sagte die Wirtin beiläufig. Sie war an den Tischen beschäftigt, die für die Gesellschaft vorgesehen waren. Etwa drei Tische blieben noch für andere Gäste frei.

Jeanne fragte ihn nicht, was er zu essen wünschte. Sie sah ihn wohl bereits als »zugehörig« an. Alles war mit einmal so selbstverständlich, Alltag geworden.

So wie Rudi immer da war und zu ihnen gehört hatte wie ein Hund. Dann fragte sie doch.

Sie hätten einen Hammelbraten für die Gesellschaft im Ofen, den könne sie vorerst aber nicht servieren, weil sie nicht wisse, wie viele Leute genau zu erwarten seien.

»Na gut, dann wieder Steak, medium, und Rotwein. Dazu Salat.«

Er war mit dem Essen noch nicht ganz fertig, als die ersten der besagten Gäste eintrafen. Eine aufgekratzte Gruppe, die laut redete. Sie schienen die Wirtsleute so gut zu kennen, als wären sie öfter hier.

»Wie geht's, Bernhard – alles in Ordnung?«

»Natürlich. Alles klar.«

Küßchen für die Frau Wirtin: »Und du?«

Das gab ihm einen kleinen Stich. Fast alle der eintretenden Männer küßten die Wirtin auf diese verlogene Art, die er so sehr haßte. Links ein Küßchen, rechts ein Küßchen. Das war *seine* Frau, und es juckte ihn, dazwischenzufahren und den Laden ein wenig aufzumischen.

»Und bei dir? Die Geschäfte laufen?«

»In letzter Zeit nicht so, wie vor einem Jahr.«

»Tut mir leid für deinen Partner.«

Sie trugen zum Teil Modetracht, Maßarbeit, feinstes Leder. Grauenhaft.

In Schäbel staute sich etwas an, und er bestellte noch einen Rotwein und noch einen, bis er wieder dachte: »Was soll's! Auch damit muß man fertigwerden.«

»Wer hat denn den Hammel gestiftet, er ist her-voo-or-ragend.«

»Dieter. Von seiner eigenen Herde, rein biologisch.«

»Wo hat denn *der* eine Herde? In seinem Penthouse oder auf dem Tennisplatz?«

»Der hat doch ein Weingut in der Toskana, weißt du das nicht? Schon seit drei Monaten.«

»Ich denke, der steht auf Südfrankreich. Da hat er doch auch was, oder?«

»Ist doch längst ausgelebt. Die Bruchbude hat er seiner zweiten Frau zum Geburtstag geschenkt. Die wollen doch wieder heiraten.«

»Dieter! Die---ter!! Ist das wahr?«

»Was ist wahr?«

»Du willst Nadine wieder heiraten?«

»Ach was. Wozu denn?«

Schäbel fühlte sich nicht gut. Dann aber fühlte er sich wieder hervorragend, als er bedachte, daß er nicht zu denen hier gehörte, sondern zum anderen Lager. Politisch, menschlich, intellektuell. Diese Scheck- und Kreditkartenzahler waren ja höchstens Kategorie vier der Schäbelschen Intelligenzmeßskala. Ob sie je etwas von Marx gehört hatten?

Eine der Frauen trug Zigeunerkleider, lag damit vielleicht in dieser Gruppe etwas daneben, aber sie war offensichtlich diejenige, die die Stimmung in Schwung brachte und um die sich viel drehte. Was sie sagte, strotzte nicht ganz so von Dummheit wie das Gerede der anderen.

Sie nannten sie Lala. Irgendwie mochte Schäbel sie.

»Sie sagen, du hast promoviert, Lala, ist das wahr? In was denn, wer war dein Doktorvater?«

»Peter.«

»Mit dem du damals was hattest? Hat das je seine Frau erfahren?«

»Doch, ja, nein, ich weiß nicht. Klar!«

»Dann müssen wir dich jetzt Doktorchen nennen. Das wird aber gefeiert, Leute. Männer und Frauen, Lala hat promoviert. Ist das nicht ein Heuler?«

Schäbel überlegte, ob er hinaus in die Nacht gehen sollte und einsam über die Felder streichen wie ein Wolf, der die Schoßhunde nicht mehr erträgt. War dann aber zu faul.

»Der junge Mann! Wollen Sie nicht Ihren Tisch mit heranrücken?«

Schäbel war gemeint.

»Trinken Sie mit uns, wir feiern Werners Scheidung. Er kam mit Gewinn raus, wer kommt schon bei einer Scheidung mit Gewinn raus! Kommen Sie, seien Sie kein Frosch, alle Menschen sind doch Brüder, es lebe die Revolution.«

Schäbel sträubten sich bei diesem Vorschlag die Haare. Doch dann juckte es ihn mit einemmal, sich auf dieses kapitalistische Schlammbad einzulassen. Man mußte schließlich *alles* kennen, nicht wahr?

Bald schon setzte sich das Mädchen im Zigeunerkleid neben ihn und sagte: »Sie gefallen mir nicht schlecht, wissen Sie das?«

»Nein«, sagte Schäbel, aber natürlich wußte er das. Wayne gefiel schließlich jeder Frau.

Das seichte Geseire wurde immer schlimmer – Fachsimpeleien übers Golfspielen, Börsentips, Scheidungsratschläge, Konkursgerüchte –, und als sie noch besoffener waren, redeten sie über die Hintergründe des Lebens.

»Lala soll mal was sagen. Hat sie nicht Philosophie studiert? Sag doch mal was Saftiges von Nietzsche, du Glühbirne!«

»Ich sag mal was«, rief der, den sie Peter nannten:

»Du kannst heutzutage nur leben, wenn du mit den Wölfen heulst. Das Individuum hat keine Chance. Bitte eine Gegenmeinung. Ich erteile das Wort.«

»Was redest du da für einen Scheiß. *Nur* das Individuum hat eine Chance. Der Individualist, der Einzelgänger macht das Rennen.«

»Einzelgänger – wo gibt es denn noch Einzelgänger? Es gibt Spinner zuhauf. Aber es gibt keine echten Originale, die man ernst nehmen kann. Sag mir doch mal eins! Siehste – weißt keins.«

»Weißt keins, weißt keins. *Ich weiß einen.*«

»Na, den zeig mir mal!«

»Wohnt gar nicht weit weg von hier.«

Das behauptete Lala.

»Na, dann zeig es doch mal her! Führ es uns vor.«

»Ein Alter. Sie nennen ihn ›Laotse‹. Wohnt im Nachbardorf von uns. Weiß überhaupt einer von euch besoffenen Säcken, wer Laotse war?«

»Seit wann wohnst du denn auf dem Dorf?«

»Na, wo wir das Bauernhaus haben. Das meine ich.«

Noch redeten sie etwas durcheinander, aber bald zog sich das Gespräch zusammen.

»Also los, erzähl, was ist mit dem?«

»Keiner weiß etwas Genaues über ihn, er redet mit keinem. Er wohnt in einem winzigen Schuppen in einem Garten. Er näht seine Kleider selbst, pflanzt sein Gemüse und müßte um die Achtzig sein. Und das Wahnsinnige ist – jetzt hört mal zu, ihr Arschlöcher – das Wahnsinnige ist, daß dann und wann Feudalkutschen bei seinem Garten parken. Industriebosse oder die

Großen aus der Politik – sagt man – holen sich bei ihm Rat, wenn sie nicht mehr weiterwissen. Man weiß nicht, wer sie sind, sie lassen sich nicht erkennen. Und keiner weiß etwas über ihn. Hat kein Radio, man sieht ihn nie ohne Fahrrad, wie ein Chinese, und keiner weiß, wovon er lebt.

Früher hat ihn einmal einer ›Lao-tse‹ genannt, jetzt heißt er ›Latze‹. Lao-tse kennen sie nicht. Sein Wasser pumpt er aus dem Garten…«

»Ist doch verboten, Mädel. Das Wassermonopol hat die Gemeinde oder der Staat…«

»Eben das! *Er* darf das. Anordnung von irgendwo ganz oben…«

Das Gequassel verstummte, aber bald sagte einer: »Na, den möchte ich mal sehen.«

»Wenn er nicht weit weg wohnt, warum schauen wir ihn nicht an?«

»Das kann man nicht machen. Es ist Nacht.«

»Es ist erst elf.«

»Wie weit ist es denn?«

»Zehn Minuten mit dem Auto.«

»Dann laßt uns doch hinfahren. Wir nehmen ihm was mit, packt mal ordentlich was ein, das muß ihn doch freuen. So einem muß doch so ein Festtagsschmaus vorkommen wie Weihnachten. Oder?«

Und dann brachen sie auf. Lala zog Schäbel mit und setzte ihn zu sich in den VW-Bus.

»Ich brauche einen Bus, weil wir ständig etwas zu unserm Bauernhaus transportieren müssen.«

»Ist ja o. k.«, sagte Schäbel.

Lala führte mit ihrem VW-Bus die Karawane an. Etwa sechs Autos. Sie fuhren zum nächsten Dorf und bogen zwischen den Häusern in einen Feldweg ein. Nach etwa fünf Minuten erreichten sie einen umzäunten Garten, und Lala hielt an.

In dem Garten befand sich eine Art Schuppen. Zum Teil gemauert, der größere Teil aber war aus Brettern, mit einem Fenster, hinter dem Licht brannte.

»Nicht so laut, seid nicht so laut«, flüsterte Lala, und für einen kurzen Augenblick war da eine totale Stille. Oder wenigstens fast. Eine Eule rief, und dann hörte man weit in der Ferne eine Autostraße. Vielleicht war es auch ein Zug.

»Habt ihr auch anständig was zu Saufen mit, Jungs und Mädels?«

»Du bist ein Idiot.«

»Man kann doch mal fragen.«

Lala machte sich am Holztor zu schaffen. Es war verschlossen.

»Laß mich mal ran!«

Einer der Männer bastelte an dem Schloß herum, kletterte dann über den nicht allzu hohen Zaun und öffnete das Tor von innen. »Na, also.«

»Nicht so laut, der Mann ist vielleicht ein Heiliger.«

Jemand lachte.

»Ich habe noch nie einen Heiligen gesehen.«

Lala ging vorneweg, und die anderen folgten auf Zehenspitzen. Der Schuppen war flach und mit Teerpappe gedeckt. Lala öffnete leise die Tür zum Schuppen. Darin standen in einer gewissen Ordnung Gartengeräte, Holz war gestapelt, ein paar Kisten waren da, und es roch nach Holz und Moder.

Durch den Schuppen hindurch kam man in einen kleineren Raum. Da standen ein Kühlschrank und ein paar Geräte. Auf der anderen Seite der Kammer aber war eine Tür, durch deren Spalten man Licht sah. Lala ging leise zu der Tür und klopfte.

»Ja?«

Sie öffnete die Tür. Da saß ein alter Mann an einem Tisch und flickte einen Schuh. Der Raum war etwa drei mal drei Meter groß und sauber gestrichen, hellblau an den Wänden, weiß an der Decke. Es stand der Tisch da, ein Stuhl und an der anderen Wand ein schmales Bett, zugedeckt mit einer bunten Decke, die aussah, als käme sie aus den Anden. Peru vielleicht.

Der Mann war mager, etwas gebeugt, trug abgetragene, aber saubere Kleider und hatte eine Nickelbrille. Keinen Bart, spärlichen Haarwuchs.

»Wir wollten Sie besuchen. Es ist schon spät, aber dürfen wir vielleicht trotzdem hereinkommen? Wir haben Ihnen etwas mitgebracht. Ich wohne hier in der Umgebung, das sind ein paar Freunde, dürfen wir? Nachbarn sozusagen.«

Der Alte schaute sie an, und dann drängten die anderen schon nach.

»Man muß doch seine Nachbarn kennen, alle Menschen sind wie Brüder.«

»Sie wohnen aber bescheiden...«

Die Stube war sofort gerammelt voll.

»Hier ist ja nicht mal Platz zum Sitzen, geh doch mal

etwas weiter. Wo ist er denn, ich seh ihn nicht. Hat denn keiner was zu Trinken?«

»Ich pack ja schon aus.«

Und ehe sich einer versah, war von dem alten Mann nicht mehr die Rede. Man suchte ihn nicht einmal mehr.

»Ist das hier nicht irre? So kann man auch leben. Wer sagt denn, daß man einen Pool braucht, um glücklich zu sein?«

»Da, schau mal her! Da hat er doch ein kleines Radio. Mach mal an, vielleicht gibt's was Anständiges.«

»Spielt ja kaum, krächzt bloß, mach wieder aus!«

»Gib doch mal 'n Wein rüber, hat denn keiner Gläser mitgenommen?«

»Hier ist eine Tasse. O. k., dann saufen wir eben alle aus einer Tasse. Oder hat jemand Syphilis?«

»Ja, der Peter. Er war in Kenia.«

Sie lachten los, und einer sagte: »Ihr Idioten.«

Wahrscheinlich war es Peter, der das sagte.

»Frag ihn doch mal, ob er glücklich ist!«

»Wen?«

»Laotse. Oder wie hieß er noch?«

»Ihr seid ja solche Arschlöcher. Könnt ihr denn nicht...« Sie packten den Käse aus, tranken aus der Flasche, eine fiel um, und der Rotwein lief über den Bettvorleger.

»Wo ist er denn?«

»Wer?«

»Der Mann.«

Der Alte war nicht mehr da.

Er stand draußen im Garten am Zaun. Schäbel lehnte

außen an der Bretterwand und war nur besoffen, sonst war sein Kopf leer.

»Hier, da liegt ein Schreibheft in der Schublade. Total abgegriffen, liegt wohl schon seit vierzig Jahren da.«

»Zeig mal her. Ich möchte mal wissen, was sich so einer notiert. Schau doch mal rein!«

»Nichts. Nullo. Alle Seiten total leer.«

»Na siehste! Er denkt *nichts.*«

»Was ist denn da sonst noch so? Guck mal unter das Kopfkissen. Alte Leute bewahren unter dem Kopfkissen ihre Schätze auf.«

»Ein Buch: DA IST EIN BUCH, Leute.«

»Hört auf, ihr Schweine!«

Das war Lala, die das rief.

»Ich hätte euch nicht herbringen sollen. Ihr seid primitive, verdammte Dreckskerle.«

»Und Dreck*sweiber,* vergiß das nicht.«

Lala tobte herum und zerrte einen zur Tür hinaus.

»Laß mich schnell mal den Titel aufschreiben, Ann. Das will ich lesen!«

»Du und lesen! *Pff.* Du liest doch bestenfalls die Börsennotizen und die Fußballergebnisse.«

»Das sag noch mal, du Edelnutte. Darüber reden wir morgen.«

»Darüber können wir gleich reden, sofort hier. Du stehst mir sowieso schon bis zum Hals, und das ist auch das einzige, wo was von dir steht.«

Lala zerrte den nächsten aus der Tür und stieß ihn weg. Dann einen dritten; die anderen gingen von allein.

Einer sagte: »Legt ihm wenigstens etwas Geld auf

den Tisch!« und warf einen Hunderter hin. Ein anderer kramte gleichfalls in seiner Tasche und sagte: »Ich habe nur Kreditkarten, kann mir einer was leihen?«

Und dann trotteten sie wieder zu den Autos. Das Zimmer war verwüstet wie nach einer Schlacht. Weinflaschen lagen herum, Papier mit Käseresten. Und der Stuhl war kaputt.

Die Bettdecke lag auf dem Boden, und Lala kam zurück, legte sie auf das Bett und strich sie glatt.

Schäbel wankte als letzter hinter der Gruppe aus dem Garten, und der das Tor zuvor aufgemacht hatte, verschloß es wieder von innen und stieg dann über den Zaun. »Man kann doch hier nicht wie die Vandalen einbrechen und dann alles offenlassen«, sagte er und klopfte sich die Hose sauber.

»Aber war der Alte nicht süß?«

Die das sagte, war wohl Ann.

Schäbel stieg in Lalas Auto, und in ihm drehte sich alles so, daß er nur aus der Ferne hörte, wie Lala sagte: »Diese Menschen sind alle solche Schweine.«

Und Schäbel nickte.

Der alte Mann ging indes zurück in seine Stube und fing an, aufzuräumen.

Wie Schäbel in sein Bett gelangt war, könnte er bis heute nicht sagen. In der Nacht nahm er aus weiter Ferne wahr, wie die Tür aufging und eine weibliche Gestalt bekleidet mit einem dünnen Nachthemd hereinkam und sich zu ihm legte.

Es war Lala.

Sie schob die Zudecke weg und umarmte Schäbel, doch leider stand der Mond bereits in seiner abnehmenden Phase, und Schäbel war nach den Ereignissen dieses Abends ohnehin zu verwirrt, als daß ihm der Sinn noch nach einem erotischen Abenteuer gestanden hätte.

Wie betäubt lag er im Halbschlaf da, bis Lala schließlich wieder aufstand und aus der Tür ging.

Das Zimmer wechseln, denn die Gruppe hatte für diese Nacht alle freien Zimmer gemietet. Manch einer wollte nach so einem Abend nämlich nicht mehr nach Haus. Sie fingen dann in der Nacht gewöhnlich an, zwischen den Zimmern zu wandern. Mal die Männer, mal die Frauen.

Dieses Aus-der-Tür-Gehen der weiblichen Gestalt war es, was Schäbel GANZ DEUTLICH wahrnahm, denn in diesem Moment brannte im Hausflur das Licht, weil jemand ins Etagenbad ging.

Lala hatte in etwa die Gestalt der Wirtin. Und so befiel Schäbel am Ende doch eine große Seligkeit. Er roch auch ein starkes Parfüm in seinem Bett, so daß eine Täuschung nicht möglich war. Dann schlief er fest und tief ein.

Am nächsten Tag fuhr die Gruppe nach und nach ab.

Keiner von ihnen verabschiedete sich von Schäbel, was ihm auch recht war, denn eigentlich haßte er solche Leute wie die Beulenpest.

Irgendwie lag die Ödnis des Sonntags in der Luft. Die Kirchenglocken läuteten, und die ersten Kirchgänger kamen und tranken das erste Sonntagsbier.

Schäbel gefiel es nicht mehr in dem Dorf.

Er überschlug noch einmal die letzten Tage und konnte ein unglaubliches Ergebnis für sich verbuchen.

Er hatte sich selbst gefunden, und er hatte eine große Liebe zu einer Frau erlebt, wie sie sonst nur in der Literatur vorkommt. Er hatte einen Sieg nach dem anderen davongetragen und die Sache mit Gesine hinter sich gelassen.

Sie fiel ihm jetzt plötzlich wieder ein. Aber nicht als etwas, was ihn bedrückte, sondern als etwas, das er siegreich überwunden hatte.

Er mußte Mutter anrufen.

Ging in die Telefonzelle, hatte auch genügend Telefonmünzen. »Mutter, ich bin's. Bist du nicht in der Kirche?«

»Oh, Bernie, ich hatte mir ja solche Sorgen um dich gemacht. Gesine hat angerufen, sie sucht dich, Bernie, sag die Wahrheit, geht es dir *wirklich* gut? Vater wird wahrscheinlich sterben.«

»Aber ja, Mutter, ja doch, *es geht mir gut.* Mir ging es noch nie so gut...«

»Da bin ich aber froh, Bernchen. Da bin ich wirklich froh. Wenn du etwas brauchst, du weißt, nur Mutter anrufen. Wenn Vater stirbt, brauchst du nicht extra zur Beerdigung kommen, wenn du keine Zeit hast. Bernchen...«

Schäbel hängte ein.

Er ging breitbeinig durch die Dorfstraße und in einem großen Bogen zurück zum Gasthaus.

Was so ein armseliges, elendes Dorf einem Mann doch bringen kann!

Er war gebrochen an Leib und Seele hierhergekommen und ging fort als Sieger, der seinen Weg gefunden hat.

Er beschloß spontan, noch heute zurückzufahren.

Gesine suchte ihn? Was sie wohl von ihm wollte? Wahrscheinlich würde sie ihn um Vergebung bitten, wenn sie erkannte, *wer* er, Schäbel, geworden war.

ER ABER WÜRDE NEIN SAGEN.

Er würde hart sein wie Wayne.

»Nichts geht mehr, mein Kind. Der, den du hier vor dir siehst, ist nicht mehr der Schäbel von einst. Merk dir das!«

Er ging auf sein Zimmer, packte seine Sachen, erledigte die Rechnung und reiste ab.

Er sah das Ganze so: Wayne geht ohne sich umzuschauen, doch nicht ohne Wehmut im Herzen, denn er läßt eine große Liebe, vielleicht die größte seines ganzen Lebens zurück – JEANNE. Der Freiheitsdurst und die unbezähmbare Unruhe des Mannes sind stärker als die Liebe zu einer Frau.

Doch die Liebe, die er zurücklassen muß, wird er wohl nie vergessen.

Ach, was soll's?

Dann ein halber Tag Fußmarsch durch brennende Hitze zur Eisenbahnlinie. Wie das Glück so spielt, muß er nicht lange auf den nächsten Zug warten. Nach knapp vier Stunden rollt er an.

Er, Wayne, steht langsam auf, als er den Zug heranrollen hört, klopft sich den Staub aus den Klamotten, schiebt das Halstuch zurecht. Hält die Satteltasche mit der Rechten und ergreift mit der Linken den Griff der letzten Tür des vorbeifahrenden Zuges. Springt auf, drückt die Tür hinter sich leise ins Schloß und sucht ein freies Abteil. Der Schaffner rennt den Gang entlang, will ihn anbrüllen.

Wayne: »Schnauze, ja!!«

Der Schaffner: »Oh, Mister Wayne. Ich wußte nicht...«

»Schon in Ordnung.«

Er ins nächste Abteil. Satteltasche auf den Sitz geknallt, Beine auf die gegenüberliegende Bank. Jetzt sieht er, daß in einer Ecke einer schläft, den Kopf hinter einem Mantel, doch das wache Auge des Mannes blickt durch ein Knopfloch. So schläft nur einer: Widmark.

»Hi, Widmark!«

Der unter dem Mantel antwortet, ohne hervorzuschauen.

»Waya, wenn das nicht Wayne ist!! Du alter Hengst! Haben dich die Indios noch immer nicht skalpiert? Hast dein ganzes Gold wieder bei den Nutten gelassen, du verfluchter alter Büffel, oder? Kommst wohl aus den Bergen, nicht? Oder kommst du aus dem Süden?«

»Westen«, sagt Wayne. Danach schweigen sie zwei Tage.

Einmal, als der Zug hält, um Kohle zu fassen, versucht Wid ein Gespräch: »Warst du mal wieder bei der kleinen Hure in diesem Saloon? Wie hieß sie noch? Jeanne?«

»Du willst doch keinen Ärger, Wid? Hast du ›Hure‹ gesagt?

JEANNE IST MEINE FRAU.

Jetzt merk dir das mal, du gottverdammter Gringo!«

»Schon gut, John. Schon gut, vergiß es!«

Und dann fahren sie schweigend noch drei Tage zusammen in diesem verdammten Zug, ohne auch nur ein Wort zu reden. Wid verhält sich sehr verhalten, er kennt Waynes harte Linke, weiß Gott ja. Sie hatten einmal eine kleine Meinungsverschiedenheit, wo war das noch? Ach was! Vergessen. *Oklahoma* vielleicht.

So sah Schäbel seine Ab- und Weiterreise.

Vogl sah das anders.

An diesem Sonntagvormittag war die Gaststube wie immer brechend voll. Sonntagsbiertrinker, die aus der Kirche kamen und die Zeit bis zum Mittagessen zu Hause auf diese Art verbrachten.

Es war zwölf, als die Wirtin Vogl fragte: »Ist Schäbel weg?«

»Ja, vor einer Stunde. Du hast keine Anmeldung für ihn ausgefüllt, nur diesen Quatsch mit John Wayne. Das könnte Ärger geben.«

»Ach was. Kein Problem. Wenn die Leute von der Partei nicht erkannt werden wollen, tragen sie sich halt irgendwie blödsinnig ein, dabei kennt sie jeder. Ist er wieder zu Fuß zum Bahnhof gegangen?«

»Nein, der Walser hat ihn hingebracht. Ich glaube, er kannte ihn von einer Veranstaltung her.«

»Ist Walser nicht in Schäbels Partei?«

»Klar ist er das. Ich glaube, er hat den Elfuhrdreißig noch gekriegt.«

»Hat er bezahlt?«

»Na klar hat er bezahlt.«

Als Schäbel an seinem Zielbahnhof ankam, versuchte er die Plastiktüte so zusammenzudrücken, daß sie als Plastiktüte nicht zu erkennen war. Eine Plastiktüte hatte keinen Stil, aber das war im Moment nicht zu ändern.

Beim Aussteigen sah er auf dem Bahnsteig, daß zwei junge Frauen vor ihm hergingen. Sie drehten sich immer wieder nach ihm um und stießen sich an.

Sie redeten über ihn. Natürlich redeten sie über ihn, weil sie ihn erkannt hatten. Und wenn sie ihn jetzt um ein Autogramm baten?

Was würde er dann tun? Sagen, er sei nicht Wayne? Oder hatte er einen Kugelschreiber bei sich?

Er tastete mit der freien Hand die Taschen ab. Nein.

Eines der Mädels sagte, ohne daß er es hörte: »Guck dir diesen Scheißer mit der Mütze an! Ich glaube, ich kenne ihn. War er nicht immer bei den Demos dabei?«

»Was ist das denn für einer?«

»So'n Hosenkacker. 'n richtiger Softie.«

Dann drehten sie sich nicht mehr um, und Schäbel dachte: »Sie trauen sich nicht.«

Er fuhr mit dem Taxi nach Hause. Die Wohnung war noch in dem Zustand, in dem er sie verlassen hatte, nur in der Küche sah er, daß vor kurzem noch jemand einen Schnellkaffee bereitet hatte. Wahrscheinlich Gesine. Sie hat also noch einen Schlüssel. Es graute ihm vor dem Gedanken daran, daß er aufräumen mußte, und er ging in den Vorgarten. Ihm fiel ein, daß er eine Reinigungsfirma beauftragen könnte. Dabei zog er sein Geld aus den Jeans. Immer noch klein zusammengefaltet wie immer, und wieder etwa achthundert Mark – nein *sieben*hundert. Also hundert weniger als bei seiner Abreise.

Er hatte sich sozusagen für einhundert Mark eigenen Geldes selbst gefunden. Da zahlten die, die in die Selbstfindungsgruppe gingen, aber zehnmal mehr. Und das ohne Garantie auf Erfolg!

Als er das Geld zählte, fiel ihm ein, daß er dringend seine Finanzen regeln mußte. Er rief Karli an, der diesen Kram für ihn erledigte.

»Hi, Karli. Hast du Zeit. Wollen wir uns wo treffen? Bei mir sieht es aus wie in einem Schweinestall. Wir sollten mal wieder mein Geldprogramm angehen, oder?«

Sie trafen sich im ›Café Tamtam‹. Karli sagte, es sähe zappenduster aus, was das Geld anginge, denn Schäbels Stipendium sei ausgelaufen. Er müsse seine Doktorarbeit abliefern oder das Stipendium zurückzahlen, da könne weder er noch sonst einer von der Partei etwas machen.

»Kein anderer Ausweg?« fragte Schäbel. »Ich habe keine müde Mark mehr, außer ein paar Kröten.«

»Ich sag dir morgen Bescheid«, antwortete Karli.

Schäbel verbrachte die halbe Nacht in Jannis' Kneipe, denn nach Hause gehen wollte er erst lange nicht. Er schlief dann nicht ohne Ekel doch bei sich auf dem Bett, nachdem er die alte Bettwäsche ins Bad geworfen und ein neues Laken aufgelegt hatte, und wachte am nächsten Morgen gegen zehn Uhr auf.

Organisierte erst einmal eine Reinigungsfirma, kochte sich dann einen Schnellkaffee und verabredete sich von neuem mit Karli. Gegen zwei im ›Tamtam‹, wie tags zuvor.

»Werner sagt, das einzige, was wir für dich machen können, ist: du gehst nach Bonn. Sozusagen im Interesse der Parteiarbeit. Der Job ist nicht schwer, und wenn du da mal drin bist, hast du ihn sicher auf Lebenszeit. Gehaltssteigerung wie üblich, Diäten, Zulagen, Steuervergünstigungen, Abschreibungsmöglichkeiten und das alles, du kennst es ja. Und die Rückzahlung des Stipendiums rutscht unter den Tisch. Werner würde das in die Hand nehmen. Das einzige: du müßtest umziehen. Der Umzug wird natürlich bezahlt.«

Schäbel überlegte eine Weile und sagte dann ja. »Leier das mal an.«

»Und wenn du dort bist, vielleicht kannst du von da aus auch was für mich tun.«

»Klar, Karli. Ist doch wohl klar.«

Man könnte nicht sagen, daß Schäbel sich freute. Doch kam es ihm auch nicht ungelegen. Da oben hast du nicht allzuviel Arbeit und bist unkündbar, wenn du nicht unangenehm auffällst. Fällst du angenehm auf, ist der Weg nach oben unbegrenzt.

Wie war es denn bei Reagan? Vom Wilden Westen direkt ins Weiße Haus. Na also. Und ein Wayne war auch nicht schlechter als ein Reagan. Im Gegenteil!

Also gar keine so schlechte Lösung. Es gab ohnehin nichts, was ihn hier noch hielt.

Schäbel vertrödelte den Nachmittag, indem er durch die Straßen wanderte, dabei öfter einmal auf ein Schaufenster zuging, um seinen Gang zu korrigieren. Wayne ging nicht *zu* breitbeinig, aber dann doch wieder breitbeinig genug, um den Sattel unter dem Hintern nicht zu verleugnen.

Im großen und ganzen war er sehr zufrieden.

Mit allem.

Und er fuhr nach Haus.

Den Schlüssel hatte die Reinigungskolonne in den Briefkasten geworfen, die Rechnung zahlte er per Überweisung, man kannte ihn, er hatte die Wohnung schon öfter putzen lassen, wenn er keine Lust hatte, selbst aufzuräumen, und als er darüber nachdachte, kam er darauf, daß er sie noch *nie* selbst aufgeräumt hatte. Gesine auch nicht.

Jetzt gefiel es ihm wieder zu Hause.

Er schaute sich um: Das Bett war überzogen, die Wäsche weggeräumt, und als er den Schrank öffnete, lagen wieder ein paar Sachen Gesines darin.

»Aha!«

Schon wieder ein Sieg von ihm! Oder etwa nicht?

Er entschied sich für ›Sieg‹.

Nur, was er genau bedeutete, war ihm nicht ganz klar.

Er überlegte, ob er eine Flasche Wein aufmachen oder später noch einmal aus dem Haus gehen und sich, ohne auf das Geld zu achten, ein französisches Festmahl gönnen sollte.

Er entschied sich für das letztere, da kam Gesine.

»Oh, Schäbel. Da bist du ja. Ich war in den letzten Tagen zweimal kurz hier, aber du warst nicht zu Haus. Deine Mutter sagte, sie wüßte auch nichts von dir, ob ich etwas wüßte. Hast du was zu trinken? Whisky wäre nicht schlecht.«

»Nein«, sagte Schäbel mit der coolen Härte Waynes. Was sie aber nicht bemerkte.

»Ich freu mich ja so, dich wiederzusehen. Ist alles klar bei dir, natürlich ist alles klar bei dir, bei dir ist ja immer alles ok.«

Sie setzte sich etwas steif in dem Sessel auf.

»Mir geht es nicht so gut.«

Sie wollte, daß er sie fragte, warum, das wußte er.

DOCH ER FRAGTE NICHT.

»So?«

Hätte Wayne genauso gehalten.

Sie wartete nicht allzulange, bis sie anfing, etwas zu heulen.

»Er ist ja so ein Schwein, so ein wahnsinniger Dreckskerl.«

Schäbel überlegte, ob er fragen sollte: ›Wer?‹ Entschied sich dann aber dagegen. Wayne hätte auch nicht gefragt. Oder hätte er doch?

Also fragte Schäbel: »Wer?«

»Na wer schon! RUDI. Weißt du, was der Dreckskerl gemacht hat? Kannst du dir das vorstellen?«

Wayne genoß in vollen Zügen das Gefühl seiner

Kraft. Da lag sie nun vor ihm. Vor dem, den zu suchen sie ihn losgeschickt hatte. Und der sich gefunden hatte, ganz wie sie ihn geheißen hatte. Was sie nun aber sicher nicht ertragen würde.

»Kannst du das?«

»Was?«

»Dir vorstellen.«

»Nein.«

»Er hat wieder mit seiner Frau geschlafen. Und das ist noch nicht alles. Er ist mit ihr in das Haus gefahren, wo er mit mir die schönste Zeit unseres Lebens verbrachte.

So!«

Schäbel nahm all seine Gemeinheit zusammen und sagte etwas hämisch: »Na und?«

»Da fragst du ›na und?‹! Schäbel, verstehst du das nicht?«

»Nein.«

»Komm, setz dich dahin!«

Gesine zog ihn auf das IKEA-Sofa, hängte sich bei ihm ein und sagte, daß er, Schäbel, der einzige Mensch auf der Welt sei, auf den man sich immer, auch in der Not, verlassen könne. Daß *er* nie hinter Weibern hergewesen sei, was sie immer über alles geschätzt habe.

Worauf Schäbel sagte: »Das meinst du nur.«

Wobei er triumphierte, denn *so* eine Frau wie Jeanne war sicher nicht einmal Rudi in die Finger gekommen.

»Ich weiß das einfach. Ich kann mich auf mein Gefühl verlassen. Wollen wir nicht irgendwohin gehen, Schäbel, und noch einmal über alles reden?«

Er sagte nein, aber als sie ihn drängte, sagte er ja, schon um der Bedrängung zu entgehen.

Also zelebrierten sie sein Siegesmahl zu zweit. Ohne auf das Geld zu schauen, aber auch ohne viel Genuß, denn Gesine würgte nur wenig herunter. Weinte zwischendurch und erzählte ihm von den letzten schönen Tagen mit Rudi. Er sagte, daß er nach Bonn gehe. Sie fragte, ob sie mitdürfe.

Er fragte: »Würdest du das machen?«

Sie fiel ihm um den Hals: »Oh, Bernie, nichts lieber als das.«

Kann sein, daß sie auch zu viel getrunken hatten, aber sie landeten zu Hause gemeinsam im Bett.

»Du hast dir neue Klamotten gekauft, Schäbel. Find ich toll, du bist gleich ein ganz anderer Typ. Komm her!«

Sie zog ihn an sich.

Schäbel fühlte zwar keinen Hasendrang, aber er war entschlossen, ihr dieses eine Mal zu zeigen, was Wayne für ein Mann war. Da würden aber die Dielen brechen!! Ein Sturm würde über die Steppe fegen… *wow!!*

Da ging das Telefon.

»Ja?«

»Schäbel, bist du's? Ist Gesine bei dir?«

Es war Rudi.

»Nein.«

»Ja! Natürlich ist sie hier!«

Gesine riß ihm den Hörer aus der Hand. »Dem sag ich jetzt mal was, paß auf!

Rudi? Ich sag dir mal was: DU BIST––– DER LETZTE

DRECKSKERL. So. Und jetzt ist es aber endgültig aus. AUS--- AUS--- AUS.«

»Was?«

»Mit wem?«

»Ach, red doch kein' Scheiß. Ich glaub dir kein Wort mehr.«

»Nein.«

»Noch mal NEIN, NEIN, NEIN. Was sagst du? Jetzt gleich? Bestimmt nicht!«

»Nein. Jetzt nicht, und morgen nicht und nie. Basta.«

»Nein, ich habe nichts vergessen.«

Tränen.

»Also gut, ich nehme mir ein Taxi. Ciao bis gleich.« Gesine sprang aus dem Bett und zog sich hastig an.

»Kannst du mir eben mal ein Taxi rufen, Bernchen?«

Schäbel schob den Unterkiefer nach rechts.

Aber da zeigt sich die wahre Größe eines Mannes. Ganz cool bestellte er Gesine ein Taxi.

»Ich hol mir dann mal meine Sachen, die Möbel kannst du behalten, Rudis Wohnung ist jetzt frei. Sag Bescheid, wenn du nach Bonn gehst.

Du erreichst mich dort. Ciao, Ciao-chen, Bernchen.«

Den nächsten Monat vertrödelte Schäbel. Karli hatte einen Vorschuß für den Umzug herausholen können, damit konnte er gut leben. Den Umzug würde er dann später mit dem ersten Gehalt bezahlen.

In diesem Monat beschäftigte sich Schäbel damit, seine neue, wahre Identität zu verbergen. Also, daß er Wayne war. Er übte vor den Schaufenstern den zurückgenommenen Gang des Cowboys. In der Politik war es gut, nicht *sofort* durchschaut werden zu können. Die eigentliche Kraft im Hintergrund zu halten. Sich müde zu zeigen, aber dann, wenn es sein mußte, knallhart zu sein. Sein Vater starb nicht, und seine Mutter sagte am Telefon: »Stell dir vor, er hat sich wieder erholt und läuft schon wieder auf dem Lagerplatz rum. Den bringt auch gar nichts um. Wenn du was brauchst, Bernchen, nur Mutter anrufen. Ist mit Gesine auch alles in Ordnung?«

»Ja, ja, Mutter, frag doch nicht so viel.«

Zwei Tausender hatte er von Mutter noch gebraucht, bevor er nach Bonn ging. Auch was die Kleidung anging, nahm er sich ein wenig zurück. Er trug wohl noch die Stiefel unter den Jeans. Und auch die Weste. Nur das Pfadfinderhalstuch legte er ab. Die Rangermütze trug er meist in der Tasche.

Bonn!

Wenn er es recht bedachte, war es höchste Zeit, daß einmal einer wie er nach Bonn ging.

Einer, der den vollen Durchblick hatte.

Einer, der frei und unbestechlich war und der noch wußte, was gut und richtig war.

Einer, der auch einmal anzupacken und aufzuräumen verstand.

Ein Mann wie Wayne.

Er überprüfte noch einmal im Spiegel seinen Gang.

Und so vorbereitet kam Schäbel nach Bonn.

Sacharin im Salat

Roman · 192 Seiten
Goldmann-Taschenbuch 9385

Alex Borowski hat ein Problem. Und zwar mit seiner alten Bekannten Marlene. Die hat ihn nämlich angerufen und ihn zum Spaghettiessen eingeladen. Alex würde eigentlich ganz gern hingehen, nur ahnt er schon, wie alles wieder enden wird: Marlene wird wieder die ganze Zeit von dem irren Typen schwärmen, mit dem sie eine Woche im Bett gelegen hat, und der dann abgehauen ist. Und er, Alex, wird wieder keine Chance haben, mit Marlene zur Sache zu kommen.

Sandstrand

Roman · 124 Seiten
Goldmann-Taschenbuch 8882

Karl, ein alternder Mann, der an den Folgen einer schmerzhaften Kriegsverletzung leidet, lebt einsam und zurückgezogen in einer deutschen Stadt. Da begegnet er eines Tages der jungen Schauspielerin Elia, und es geschieht, was er nicht mehr für möglich gehalten hätte: Zwischen Elia und Karl entwickelt sich eine komplizierte und zerbrechliche Liebe – unbedingt, und doch immer von der Auflösung bedroht.

JANOSCH
im Goldmann Verlag

Polski Blues

Roman · Gebunden
160 Seiten

Der polnische Filmregisseur Staszek Wandrosch fährt mit zwei Freunden nach Polen, um dort das Idol seiner Jugend zu besuchen – den legendären Jazztrompeter Zdenek Koziol, den er immer als Lebenskünstler par excellence verehrt hatte.
Also reisen die drei in das polnische Nest Kuźnice und machen sich auf die Suche nach dem Trompeter. Der rast, zeitweilig dem Wahnsinn verfallen, in einer alten einzylindrigen Jawa Baujahr 37 über die Felder. Und er hat seinen alten Freund aus Musikertagen, den Klarinettisten und Mundharmonikaspieler Zbigniew Kowalski, mit nach Kuźnice gebracht. Während Zdenek auf seinem Motorrad die Wunden zu vergessen sucht, die das Leben ihm geschlagen hat, sorgt Zbigniew einstweilen als falscher Priester und guter Mensch von Kuźnice für das Seelenheil des Örtchens. Denn Zbigniew hat einmal auf merkwürdige Weise die Rückseite der Wahrheit, das Geheimnis des Seins erkannt.
Am Ende feiern sie alle zusammen ein letztes ergreifendes Fest mit Brot und Wein, und Zbigniew spielt mit Zdenek noch einmal jenen alten Blues von einst.
Mit »Polski Blues« hat Janosch eine wehmütige und humorvolle Liebeserklärung an seine alte, heute polnische Heimat geschrieben – und ein kleines weises Buch über die Kunst zu leben und das Leben, die Frauen, den Wein und die Musik zu lieben.